井川香四郎

桃太郎姫暴れ大奥

実業之日本社

実業之日本社文庫

目次

第一話　夢一輪

一

青葉が繁る中庭を、桃太郎《ももたろう》君はぼんやりと眺めていた。幕府から命じられている公儀普請に対する見積もりなど、やらねばならぬことは多々あったが、

——はああ……。

と溜息をつくばかりであった。

「なりませぬぞ」

いつの間に来ていたのか、渡り廊下から、女中頭の久枝《ひさえ》が穏やかな口調ながら、きちんと制する声で言った。

若君姿の桃太郎君は少し驚いて、何か言い返そうとしたが、

「お考えになってることは分かります。またぞろ、屋敷から出るおつもりでしょう」

　と久枝は目尻を吊り上げて、座敷に入ってきた。

「お気持ちは分かりますが、近頃、ご家老が少し疑っておいでです。ええ、桃太郎君が女ではないかということをです」

　ご家老とは、ここ綾歌藩《あやうたはん》三万石の本所菊川町《ほんじょきくかわちょう》に詰めている、江戸家老・城之内《じょうのうち》左膳《さぜん》のことである。さして実績があったわけではないが、藩主が病気がちで国元で臥《ふ》せっており、在府を免除されているから、留守居を任されているだけなのに、いつも妙に偉ぶっている。

「なんだか、このところ体の具合が悪くて……」

　桃太郎君が疲れたように言うと、久枝は心配そうに、

「もしや血の道のせいで」

「違う。ずっと座っていると足腰だけではなくて、頭まで痛くなるのです」

「それくらい我慢して下さい。殿様ならば、誰でもなさってることです。それに、秘密というのは、知っている者が少ない方がいいのですから……ご辛抱を」

「分かりました、分かりました」

　ぞんざいに手を振ったとき、「失礼致します」と声があって、噂の城之内が入ってきた。久枝を見るなり、ほんの少しだが戸惑ったような顔になった。

「――如何《いかが》、致しました？」

首を傾げる久枝に、城之内は控え目な言い方だが、

「いくら乳母代わりとはいえ、仮にも桃太郎君は若様でございまする。城中同様、江戸屋敷にても男女席を同ずるのは、本来、御法度でございますれば、極力、ご遠慮を願いたい」

と言った。

「これは思い至らず、大変な粗相でございました。以降、気を付けまする」

素直に引き下がったのは、桃太郎君が若い娘であることを気取られないためである。小袖の裾を軽く抓《つま》んで立ち上がると、顔を斜めに傾けて立ち去った。その仕草が、流し目に見えたのか、城之内は思わず照れたように顔を背けた。

「――どうした、城之内……なんぞ、久枝に言いたいことでもあったか」

「あ、いえ……」

「照れていたようにも見えたが」

「久枝殿がですか」

「違う。おぬしがだ……どうかしたのか。まるで、思いがけず惚れた女にでも会ったような顔つきであったぞ」

「なにを、バカな。ちょ、ちょっと、は、腹が立っただけです」

両手を振りながら、城之内の声が裏返った。

「何を慌てておる。ハハン……さては、久枝のことを好いておるのか？ そういや、いつぞやも、久枝の後ろ姿をじっと見つめておったことがあるが」

「ち、違います。拙者は、あの偉そうな、くそ生意気な、若君に目をかけられてるのを鼻に掛けたような、口汚く人を罵《ののし》る、大して器量もよくないくせに美女ぶってて、下手な小唄なんぞをいつも口ずさんで、歩く所作なんぞ、見ればギクシャク座ればドタンとだらしなく……大嫌いです」

「――よく、そこまで久枝のことを知っておるのだな」

桃太郎君は扇子を口に当てて苦笑し、

「相分かった。おまえが気になる女だということを、後で知らせておいてやる」

「じょ、冗談はやめて下さい。拙者、本当に……」

顔を真っ赤にして腰を浮かせる城之内を制して、桃太郎君はビシッと文机《ふづくえ》を叩いた。

「ああ、冗談だ。それより、話があって参ったのではないのか」

「そうでした、そうでした」

城之内は救われたように威儀を正し直すと、

「まだ確たるものではございませぬが、若君が前々から気にしていた、六間堀《ろっけんぼり》の経綸寺《けいりんじ》に屯《たむろ》している不良浪人どもについてです」

「うむ。やはり何かあったか」

「必ずや世の中を変えてみせる。江戸町人たちをアッと驚かせてやると、夜毎、息巻いておるそうです」

「この世を変えてみせる……」

若君と家老という主従の目が、真っ向から激しく絡み合った。

「もしや、それは、ご公儀に対する謀反ということか、城之内」

「かもしれませぬ。近頃は、我が藩もそうですが、台所事情は厳しく、関東周辺の小藩では、奉公人を切り捨てているとか」

「切り捨てて……」

「刀で斬るのではありませぬよ。禄が払えずに、辞めさせるということです」

「そんなこと、言われなくても分かる」

桃太郎君が頬を膨らませると、すぐさま城之内は謝って、

「ですが、先日は、掃き捨てて下さいと申し上げましたら、若君は書類ではなく、

痰《たん》を庭に吐き捨てましたから……」

「女でも痰くらいは出る」

「――女……？」

「いや、久枝のことだ、久枝の」

「ああ、たしかに、よく喉をゴゴウと鳴らしておりますな……」

「とにかく、その不穏な浪人たちが何かしでかしてからでは遅い。ましてや動乱などあってはならぬ。何か悪巧みがあらば、この桃太郎が鬼退治してやるによって、しかと詳しく調べてくるがよい」

命令して凛然となる桃太郎君の顔を、城之内は思わず見上げて、ハハアと平伏した。


六間堀とは仙台堀川《せんだいぼりがわ》の支流の堀川で、辺りには船宿が並んでいる。近くには武家屋敷、商家、神社仏閣などもあり、同じ本所深川《ほんじょふかがわ》界隈でも、富岡《とみおか》八幡宮《はちまんぐう》の方とは趣が違っていた。華やかさや賑わいは少ないが、日が暮れれば、あちこちから弦歌が流れる、いわば大人の町であった。

その一角に『船尻《ふなじり》』という少し変わった名の船宿があった。船は、舳《みよし》よりも艫《とも》の方が心地よいので、この屋号を付けたらしいが、艫は〝へさき〟とも読み、船首の意味もある。

——本来、船は、前後どっちに向かっても進む乗り物。

だった。堀川を通る川船のほとんどは、船頭が、船首から船尾に乗り移って、行方を変えている。その方が、方向転換する手間が省けるからであろう。

「ほう。そんな意味がある船宿か……ならば、ここの船は逃げ足も速かろうのう」

目出し頭巾《ずきん》の侍が、くぐもった声で言った。

二階の奥座敷である。川の上に二階が張り出した凝った作りの部屋で、優雅な時を楽しみたい者は、窓から直に釣り竿を垂らせるという。もっとも釣れるのは、小ぶりの鮒《ふな》くらいで、食えないものばかりだ。

上座の頭巾侍の他に、三人の浪人がいて、みな正座している。みな緊張をした面持ちで、手先が震えている者もいた。見るからに痩せ浪人ばかりである。

浪人の頭目格らしき、目に傷がある男が深々と頭を下げて、

「如何《いかが》でございましょうか……私たちの願い、叶えて頂けますでしょうか」

と訊くと、頭巾侍は嗄《しゃが》れ声で尋ね返した。

「当家の名を貸すだけ、でよいのだな」

「はい。もし、お聞き届け願えれば、嬉しいかぎりです」

「で……儂《わし》は何の得がある」

「はい。ご貴殿のお名前を掲げるだけで、将軍家に恨みを抱く大名が、こぞって馳せ参じるかと存じます。あくまでも、名前だけで結構でございます。もっとも……すべてが成就し、我々の志が実現すれば、ご貴殿が将軍の座に就けまする」

「将軍、とな……これはまた大きく出たものよのう」

「まことでございます。私どもには、それだけの力が……ありますれば」

「もし、明るみに出たとしても、儂は何も知らぬことだ。よいな」

「もちろんでございます。今後、事が成就するまで、お目にかかることもありますまい。それこそ、大船に乗ったつもりで、お待ち下さいませ」

「大船か……」

「はい。必ずや、この江戸を火の海にしてでも混乱に陥れ、上様を亡き者にしてごらんいれましょう」

　浪人の頭目格の目がギラリと光ると、頭巾侍は頼もしそうに頷いた。

　そのとき、ドスンと何かがぶつかるような音がして、座敷が揺れた。思わず立ち上がった浪人三人が、迫《せ》り出した窓から見ると、丁度、座敷の下に小舟がぶつかっている。

「――誰だ……」

声をかけたが返事がない。見ると、川船には大きな荷物が載っており、頬被りをした人足風がふたりいる。船頭役の人足が、慌てて川船を流れの方に戻そうとしているが、櫓が杭にでも引っかかったのか、あたふたとしている。

「おや。あいつらは……」

頭目格は見覚えのある船頭たちだと目を凝らした。

ゆっくり立ち上がった頭巾侍も、窓辺に立って覗《のぞ》き見てから、

「怪しい奴らよのう……話を聞いていたのやもしれぬ。念には念をだ。消しておけ」

とだけ言って、高膳の前に戻り、杯《さかずき》に手を伸ばした。

二

薬種問屋『錦華堂《きんかどう》』といえば、深川界隈のみならず、江戸市中でよく知られて

いた。しかも、富岡八幡宮の参道にあるから縁起がよいと、風邪を引いてもないのに、有り難がって薬を買って帰る客もいた。

その若主人は、善右衛門《ぜんえもん》といい、まだ二十五歳になったばかりだ。小僧から奉公して、真面目に働いてきたが、手代頭になったばかりのとき、主人が突然、病で亡くなった。

それが、一昨年のことである。

主人は女房に先立たれていたし、子供もいなかったので、ずっと実子のように可愛がってきた善右衛門に店を譲ったのだ。

小さい頃から、とにかく真面目で、バカがつくほど正直だというところに、前の主人は惚れ込んでいたのだ。古くからの番頭をはじめ、他の手代たちも、善右衛門が主人になることに賛成であった。

その善右衛門が、みんなに祝福されながら、今日、祝言を挙げているのだ。

花嫁は、小春《こはる》というまだ箸が転がっても笑う十六の娘である。

父親は、堺町《さかいちょう》にある芝居小屋に勤めている、しがない下足番だが、源助《げんすけ》といって、これまた人が良いと評判の男だ。年を取って出来た娘だから、一際、可愛がっていた。源助も女房には先立たれていたから、男手ひとつで育てたのだが、

「江戸で指折りの薬種問屋『錦華堂』に輿入《こしい》れできるなんて、幸せ者だ。善右衛門にとっても、三国一の花嫁だ」

と近所の人々も喜んでいた。

その訳は、小春は『深川養生所』の町医者・藪坂清堂《やぶさかせいどう》のもとで、医学を学びながら患者の世話をしているからだ。縁の下を支える働きぶりには、江戸一番だと清堂も太鼓判を押していた。

ここ深川養生所は、八代将軍が小石川《こいしかわ》養生所に通いにくい墨東の人々のために、設けたものだ。町場の儒学者でもある〝儒医〟の藪坂と若い医師ふたりで診察に当たっていた。小さな薬草園も備えてあり、貧しい人々にはとても助かっていた。『錦華堂』は、この養生所にも漢方薬を卸しており、また清堂の指導のもとで、薬草を煎じたり、調薬することもあった。仕事で出入りしているうちに、善右衛門は小春と知り合い、今日の祝言と相成ったのである。

板の間から奥の座敷をぶち抜いて、婚礼の儀式が行われている。屏風《びょうぶ》を背に、紋付き羽織と袴で畏まっている善右衛門の横には、初々しい白無垢の小春が座っている。

万感の思いでふたりの姿を見ている源助の目には、もう涙が込み上げていた。

震える袖で目を拭っている。

詰めかけた客人たちは、町名主や商家の主人らがほとんどだが、その中に――。

町娘姿の桃太郎君……桃香《ももか》がいた。

その隣には、親戚の伯父《おじ》さんとして、呉服問屋『雉屋《きじや》』の御隠居・福兵衛《ふくべえ》も並んでいる。ふたりとも、夫婦となった事情を知っているのであろう、嬉しそうである。

世話人が『高砂《たかさご》』を歌い終えたら、やんやの拍手が起こった。しっとりとした中に、賑やかさを増すのは、下町情緒溢れる深川ならではであった。

だが、源助はもう涙でぐしょぐしょだ。周りの者たちは、笑ってからかった。

「源助さんよ。花嫁の父ってのは、そんなに辛いものなのかい」

「ばか。嬉し涙に決まってるじゃねえか」

「そりゃ、そうだな。芝居小屋の下足番の娘が、まもなく公儀御用達になろうって薬種問屋の、女将《おかみ》さんになるんだからよ」

「本当だな。手塩をかけて育てた甲斐があったってもんな」

「けどよ、下手に金持ったら、源助の奴、またぞろ賭け事にはまるんじゃねえか」

「そりゃねえ。店が赤字になっても、せっせと働くだろうぜ。なんたって、下駄を履かせるのが商売だ」

「ははは、こいつはいい」

などと来客らが、陽気に酒などを振る舞っていたときである。

表通りで、ちょっとした怒声が起こってから、陣笠陣羽織の役人と捕方数人がドッと乗り込んできた。大捕物の出で立ちである。

吃驚《びっくり》した福兵衛が思わず立ち上がり、

「一体、何事なんでしょうか。見てのとおり、目出度《めでた》い婚礼の席でございます」

「ええい、黙れ。余計なことをぬかすと、おまえから引っ張るぞ」

高圧的に言った役人は、さらに踏み込んで、

「おまえだな、『錦華堂』の主人・善右衛門というのは」

と上座の花婿に向けて、大振りの十手を突きつけるや、鋭く睨《にら》みつけた。

驚いた花嫁の小春も、思わず善右衛門に寄り添ったが、他の客人たちの中には、町火消しや深川木場《きば》の鳶《とび》たちもいる。咄嗟《とっさ》に、夫婦杯《めおとさかずき》を交わしたばかりのふたりを庇《かば》うように立った。

「やいやい。善右衛門が何をしたってんだ」

威勢のいい鳶の頭が声を強めると、陣笠陣羽織の侍は、

「火付盗賊《ひつけとうぞく》改方《あらためかた》与力《よりき》、片倉半兵衛《かたくらはんべえ》である。邪魔立てする者は、御用を邪魔立てした咎《とが》で牢送りにするぞ」

と野太い声を発した。

泣く子も黙る火付盗賊改方と聞いて、一同は俄《にわか》に大人しくなった。町方与力や同心と違って、〝疑わしきは罰する〟問答無用の強権を火付盗賊改方は持っているからだ。

「善右衛門……その方、御禁制の朝鮮人参を、不当に手に入れ、高値で売っているとの疑いがある。大人しく縛《ばく》につくか」

片倉が詰め寄ると、善右衛門は首を横に振って、

「まさか……私はそのようなことは、しておりません」

「嘘をつくとためにならぬぞ。役方に畏れながらと、訴え出てきた者がおるのだ」

「知りません、私は……」

「ならば、家探しをしろ。それ！」

十手を振り上げると、捕方や中間《ちゅうげん》たちが土足のまま店の中や蔵などを、まるで

盗賊が押し込むように調べ始めた。

ざわめく祝い客たちを、逆に善右衛門は静めるように、

「皆様、これは何かの間違いです。必ず身の潔白が明らかになりますので……」

そう言っている間にも、火付盗賊改方の役人たちは徹底して探していたが、蔵の奥から何箱もの木箱に入った朝鮮人参を見つけてきた。それを、祝言の席の真ん中に投げ出すように置いて、

「これでも白《しら》を切るか！　さあ、どうだ！」

と片倉は怒声を浴びせた。

善右衛門は一瞬、言葉に詰まったが、

「ま、待って下さい……それは、朝鮮人参ではありません……似てはおりますが、薩摩《さつま》で栽培をしているという、琉球《りゅうきゅう》渡りの別のものでございます」

「黙れ、黙れ。言い訳は通らぬぞ」

「本当でございます。その品種のものも、朝鮮人参と同じような薬効があるかどうか、あるいは江戸でも作付けができるかどうか、藪坂清堂先生に頼まれて、試していたのでございます」

善右衛門が必死に訴えると、花嫁姿の小春も懸命に両手をついて、

「夫の話は、嘘ではありません。私も知っております。清堂先生にも訊いてみて下さいまし。本当のことです」

と申し出たが、片倉はほくそ笑んだだけだった。

「さてもさても……夫婦揃って、御法度破りをしてたということか。引っ立てろ！」

祝言を挙げたばかりの夫婦を、役人たちは無慈悲にも縛り上げようとした。そのあまりにも理不尽なやり口に、

「ちょいと。待ちなさいな」

と声をかけたのは、町娘姿の桃香だった。

「いくらお役人でも、やって良いことと悪いことがあるんじゃや。祝言は、神様もお降りになっている、神聖な席ですよ。御用だとしても場を弁《わきま》えなさい」

「――なんだ、おまえは。小娘が偉そうに言うでない」

「そちらこそ、控えなさい」

今にも突っかかろうとしそうになる桃香の腕を、福兵衛はしっかりと摑んだ。

自制した桃香を睨みつけ、

「申し開きなら、火付盗賊改方でするがよい。それ、引っ立てろ」

と片倉が命ずると、再び捕方らが乱暴にたちまち縄で善右衛門を縛り上げた。

夢中で駆け寄る小春を、片倉は突き放し、

「おまえにも後から事情を訊くゆえ、大人しく、ここで待つがよい」

と言うなり、善右衛門を連れて表通りに出た。

桃香は憤懣《ふんまん》やるかたない思いに襲われたが、父親の源助は歯ぎしりをしながらも、その場で動かないでいた。その様子を見た桃香は、なんとなく気がかりだった。

真っ先に役人に突っかかりそうな花嫁の父が、目出度い席を踏みにじられても、じっと我慢していたからである。

三

呉服問屋『雉屋』は、富岡八幡宮の一の鳥居の近くにある。

福兵衛は隠居の身だが、桃香が町場に出てくるときは、店の離れを貸して、若様姿から町娘姿になる手伝いをしている。古くから讃岐《さぬき》綾歌藩の御用を承っており、在府当時の藩主・松平《まつだいら》讃岐守直々に、桃香の秘密を知らされていたのだ。

久枝に連れられて町場に出る折にだけ、髪を結い、振袖や小袖などの着物に着替え、娘姿に変装しているのだ。もっとも、本当は女であり、しかも年頃だから、若君姿で屋敷内にいることは、とても苦痛となる。

たまに市井の空気を吸って、江戸の人々の暮らしぶりを見ていると、なんだか楽しくなって、ついつい出歩くのが癖になってしまったのである。

しかも、持って生まれた正義感やお節介焼きが災いして、頼まれてもない事件に首を突っ込んだり、人助けをしてしまう。つまり、見て見ぬふりはできない性分なのだ。

今般は、知り合いの祝言の席で、しかも目の前で悲惨な事件は起こった。何らかの事情があったとしても、

——あんなやり方は、絶対に許せない。

と桃香はずっと苛立《いらだ》っていた。

それは、白無垢を仕立てた福兵衛とて同じ気持ちで、泥で汚された気分がずっと残っている。桃香と一緒に、善右衛門が無実であることを証明して、もう一度、祝宴を仕切り直したいと切に願っていた。

「善右衛門さんは、本当に生真面目《きまじめ》な人で、間違ったことなんぞしない人だ。

『錦華堂』の先代の徳兵衛《とくべえ》さんは、私もよく知ってるが、商売とは信頼に尽きると、善右衛門が、善助《ぜんすけ》というこんな小さな時から叩き込まれた。それも、私は何度も見てましたよ」

福兵衛が悔しそうに唇を噛むと、桃香は同意しながらも、

「でも、朝鮮人参が『錦華堂』の蔵にあったのは事実だわ。たしかに、薩摩から仕入れたものだとは言ってたけれど、見た目には分からない。もしかして……」

「嘘か本当かは、小春ちゃんが言ってたように、藪坂先生が話してくれるでしょう」

「ええ……」

「片倉って火盗改与力は、畏れながらと訴え出てきた者がいたなんて言ってたけれど、怪しいものだ。そいつが何処の誰で、何のために火盗改に申し出たか、調べないと」

「そうね。おかしいわね……」

桃香も疑わしげに首を傾げたとき、ひょっこりと若い岡っ引が入ってきた。

〝神楽《かぐら》の猿吉《さるきち》〟、もしくは〝投げ独楽《ごま》の猿吉〟と呼ばれている本所深川をねじろにしている十手持ちである。

富岡八幡宮の門前仲町《もんぜんなかちょう》には、紋三《もんぞう》親分という大物岡っ引がいる。〝十八人衆〟という江戸市中に散らばっている、腕利きの御用聞きの元締めだ。自ら乗り出して事件を探索することもあるが、ほとんどは大江戸八百八町はもとより、江戸四宿にもいる子分たちの情報を集めて、鋭い推理で下手人を探し出すのが定番だ。

桃香はひょんなことで、紋三親分と知り合ってから、お互い事件があったときには、協力し合ってきた。猿吉は、紋三十八人衆に入るような大物ではないが、男伊達《だて》もいいし、とにかく猿のように身軽だから、近頃は紋三にも重宝されている。

「何か分かったのですか、猿吉……」

身を乗り出すように桃香が訊くと、すぐに猿吉は頷いて、

「驚き木桃の木……じゃねえけど、あの朝鮮人参もどきは、本物の朝鮮人参で、なんと対馬《つしま》藩から盗まれたものだったんです」

「えっ、どういうこと？」

「火付盗賊改方にも、俺たち岡っ引仲間はいやすからね、ちょいと探り入れたら……」

と猿吉は見てきたように話し出した。

火盗改には奉行所のような役所があるわけではなく、火付盗賊改方頭領の屋敷を番所代わりにしている。勘定奉行や寺社奉行にも、役場はなく、担当の旗本や大名の屋敷にて、取り調べや訴訟の扱いをするのと同じだ。

屋敷内の白洲《しらす》ならぬ土間に座らされた善右衛門は、縛られたまま問い詰められた。何度も執拗《しつよう》に、片倉は責め立てた。

「白を切っても無駄だぞ……この人参は、対馬藩が江戸に送っていた荷船から、ごっそりと奪われたものだ」

「し、知りません……」

「おまえは、幕府に『朝鮮人参座』というのがあるのを知らぬのか」

「はい。知りません」

「朝鮮人参を扱えるのは、このお役所だけだ」

まだ正式な組織ではない。宝暦《ほうりゃく》十三年（一七六三）を待たねばならないが、この創立に尽力をしたのが、八代将軍吉宗《よしむね》である。この当時から、吉宗は佐渡と日光で、国産人参の栽培の実験をしていた。それが成功し、後に全国に元種として広めたことから、〝御種人参《おたねにんじん》〟と称されるようになる。

「にも拘わらず、おまえは朝鮮人参を扱った。しかも、盗んだものを堂々と……」

「お待ち下さい。本当に私は何も知りません。調べて頂ければ分かります……薩摩の『奄美屋《あまみや》』という砂糖黍《さとうきび》や甘藷《かんしょ》を扱っている問屋です……人参のことは、藪坂清堂先生に訊いて貰えれば……どうか、どうか」

善右衛門は何度も同じ事を繰り返したが、片倉はしつこく問い詰めた。

「人参の効用とか栽培の話をしているのではない。そんなことは、こっちは百も承知だ。人参の根は古来、滋養強壮に効くことなんぞ、誰でも知っておる」

「ですから、上様が……」

「下郎の分際で、上様などと容易に引き合いに出すな。よいか、俺が訊いているのは、対馬府中藩《ふちゅう》から幕府に届けられる荷を盗んだことについてだ！」

片倉は声を荒らげた。対馬藩からは、長崎を経て、船便で大坂や江戸に届けられる。途中、瀬戸内海を通る折、未だに密《ひそ》かに跳梁跋扈《ちょうりょうばっこ》している海賊に狙われるときもある。陸路でも野盗らに狙われることもあった。

対馬藩は他の藩と違って、幕藩体制の中にあっても、特別な存在である。藩主は初代藩主・義智《よしとし》以来、宗《そう》氏であり、位階も従四位下と高い。封建社会でありながら、兵農分離もなく、まるで戦国時代のような支配の仕方であった。

薩摩が琉球との繋ぎ役のように、朝鮮との繋ぎ役であり、九州の長崎、蝦夷《えぞ》の松前《まつまえ》と並んで、ある程度の交易も認められていた。ゆえに、朝鮮人参を対馬藩だけが扱うことを許されていたのだ。その荷を盗んだというのである。

「そ、そんなこと……私がどうして、できましょう……考えてもみて下さい……私はただ門前仲町の一角で、小僧から雇われてきた、ただの商人でございます」

善右衛門は泣きながら、知らないというだけであった。

その様子を猿吉から聞いた桃香は、おかしな話だと首を傾げた。

「つまり……火盗改の狙いは、朝鮮人参を売り捌《さば》いたことではなく、盗んだことの方を調べていて、善右衛門さんの仕業だと……？」

「あっしはね、そういうふうに仕向けているんだと思っておりやす」

「仕向けてる……」

「へえ。まだ、はっきり分かりやせんが、善右衛門さんが密かに人参を扱っていたことを利用して、もっと大きな罪を被せようとしてるんじゃねえかって」

「なるほど。猿吉もたまには、いいことを思いつくんだね」

褒めているのか貶《けな》しているのか、桃香の言い分に猿吉は不満げだったが、横合いから福兵衛が口を挟んだ。

「とにかく、藪坂先生には、善右衛門さんの無実を訴えていただき、本当の盗人を探し出して、『錦華堂』に罪はないと証を立てるしかなさそうですな」

「――でないと、小春ちゃんが、あまりにも可哀想すぎる……」

桃香は我が事のように悔しがった。


その頃――。

小春は、善右衛門のいない『錦華堂』の奥座敷で、ひとり泣いていた。

無惨に汚れた白無垢の花嫁衣装が、衣桁《いこう》に掛けられているが、まさに抜け殻であった。体を折るように悲しんでいるのを憐《あわ》れんでか、源助が襖《ふすま》を開けて入ってきた。

ほんの数刻前には、喜びの涙を噛みしめていた顔が、今度は悔し涙で頬が濡れている。そっと娘の側に座ると、

「小春……必ず善右衛門さんは帰ってくる。こりゃ、何かの間違いだ」

「そうよね……きっと疑いは晴れるわよね」

「当たり前じゃねえか。てめえの亭主を信じられなくてどうするんだ」

源助は半ば無理矢理、にっこりと微笑《ほほえ》みかけた。

「信じるんだよ……ああ……誰もが言ってるように、善右衛門さんは嘘はつかない。悪いこともみじんもしてねえ。そりゃ、履き物の揃え方で分かるってもんだ」

「履き物……」

「ああ。人ってのはな、どんな暮らしぶりか、どんな教えを受けてきたか、如何なる覚悟で生きてるか、優しい性格か荒々しい奴か……草履の脱ぎ履きで分かるんだ」

「そうなの……」

「何年、人様の足下を見て生きてきたと思ってるんだ。芝居を観るより、もっと面白いもんだぜ、いや、ほんと」

　さらに源助が笑いかけると、少し心が和らいだのか、

「ありがとう、お父っつぁん……」

　と小春も微笑み返した。

「さあ、休んでおきな。善右衛門が帰ってきたときに、おまえが泣き疲れて、ぶっ倒れてたんじゃ、嫁として失格だあ」

「うん……心配かけて、ごめんね……」

「おまえが謝ることじゃねえよ」

優しい花嫁の父の顔で、源助はそっと立ち上がり、廊下に出た。

その顔が、俄に険しくなった。深い溜息をついて、

「――どうやら、俺も……もう一度、手を汚さなきゃ、ならねえようだな……」

と口の中で呟《つぶや》いた。

四

富岡八幡宮の表参道から一筋奥に入ると、江戸湾の潮風をまともに受ける。大《おお》横川《よこがわ》に白魚漁の網船が沢山、接岸しており、夜釣りを前に、漁師たちが景気づけに一杯やっていた。

猿吉が顔馴染みの漁師もいて、火付盗賊改方に〝たれ込んだ〟者が誰かと聞き込みを続けていると、妙な者に突き当たった。

「ちょっと、待てよ……てことは、ありもしねえ話を、おまえが訴え出たんだな」

我が意を得たとばかりに猿吉が、その文七《ぶんしち》という漁師の腕を摑んだ。

「あったかどうかは知らないよ。ただ、『錦華堂』には、隠してある朝鮮人参が沢山あって、法外な高値で売ってる……そう知らせてくれればいいって、頼まれたんだよ」

「頼まれたって、誰に」

「知らねえよ。食い詰め浪人みたいだったな。そこの飲み屋で飲んでたらよ」

土手沿いに、葦簀《よしず》張りの漁師相手の小さな店がある。

「侍なんだな。どんな風体だった」

「まあ、あまりタチは良くなさそうだった。なにしろ、ここに刀傷があったからな」

文七は自分の左目を、人差し指で切る真似をして、

「でもよ、一両もくれたんだぜ。そのくれえ頼まれりゃ、誰だってやるぜ」

と悪びれもせずに言った。

近年、関八州から流れ込んでくる浪人は後を絶たず、江戸に溢れていた。〝帰農令〟は百姓に対する法で、藩を辞めさせられた武士には適用されない。中には、渡世人や用心棒、ならず者の類になる者もいた。

浪人たちが出入りしそうな賭場や女郎宿、飲み屋や矢場などを隈無く探すと、

目に刀傷のある浪人の居場所がようやく分かった。

清澄《きよすみ》橋近くにある尾張柳生《おわりやぎゅう》の流れを汲む『錬武館《れんぶかん》』という剣術道場の師範だというのだ。

尾張柳生とは、戦国真っ直中にあって柳生新陰流を創設した柳生石舟斎《せきしゅうさい》の孫、柳生利厳《としとし》が尾張徳川家に仕え、徳川義直《よしなお》に剣術を教えたことに始まる。そのような格式高い流派の道場にしては、町道場に毛が生えたような所だ。

猿吉はこの界隈も縄張りだが、『錬武館』がいつできたのかは知らなかった。

武家の子弟が多く、厳しい稽古をしていた。尾張柳生流でも特に、利厳の息子である連也《れんや》が唱えた〝合《がっ》し打《うち》〟というのが、新陰流の極意として伝わっている。

戦国時代は甲冑《かっちゅう》をつけているため、身を沈めた体使いをするが、泰平の世では真っ直ぐ立って刀を構えることが多くなった。ゆえに自然体に構え、相手が遠くから腕を伸ばして打ってくるが、自分は近くで捉えて勝つ、という技法を確立した。これが〝後《ご》の先《せん》〟というもので、相手がどう打ってこようと、自分は小太刀で鼻筋を通りまっすぐ振り下ろす。

――相手を迎えて打つ。

というのは、捨て身の攻撃でもある。それが〝合し打〟で、ギリギリのところで相手の太刀に乗って勝つ技である。

猿吉にはよく分からないが、じっと足運びを見ていると、刀を打ち込んだら、すぐに後ろ足を引きつけ、ほとんど同時に前足を敵の股間に届くほど勢いよく近づき、正面に刀を落としている。まさに必殺必倒の剣だ。

その気迫に圧倒されていると、稽古をつけていたひとりの大柄な侍が近づいてきた。その目には、刀傷がある。今の稽古を見ている限りでは、そのような傷を受けるのは当然であろうと思われた。

「町人には入門させぬ。見物もならぬ、立ち去れよ」

目に傷のある師範らしき男は言った。警戒しているような物言いである。

「こりゃ相済みやせん。あっしは、門前仲町の紋三親分のお墨付きで、こういうものを預かっている猿吉という三下でござんす」

猿吉は十手を見せて、

「失礼ですが、道場主様ですよね。先生のお名前をお聞かせ下さいやせんか。凄い太刀筋だなと思って、感心してたところです」

と頼み込んだが、道場主は「帰れ」と言うだけであった。

その時である。「たのもう！」と玄関から入ってくる襷《たすき》がけをした中年武士がいた。猿吉の目が点になった。それは、なんと犬山勘兵衛《いぬやまかんべえ》。南町奉行・大岡越前《おおおかえちぜん》の元内与力《うちよりき》だが、近頃はすっかり、桃香の用心棒みたいになっている男である。

「――犬山の旦那……」

猿吉が声をかけようとすると、犬山は誰にも気付かれぬように目配せをしてから、道場主の前にズイと出て、

「拙者、三河国八名郡が浪人、犬山勘兵衛と申す者。噂に聞きし、『錬武館』道場主、佐々木主水《ささきもんど》殿とお見受けいたす。是非に一太刀、お手合わせを願いしとう存じます」

と朗々とした声で訴えた。

佐々木主水と呼ばれた道場主は、訝《いぶか》しげに見やったが、

「他流試合は厳禁なので、お断りする」

「なんと。尾張柳生は看板倒れでござるか。たしかに江戸柳生は他流試合は禁じておられるが、尾張柳生は実践の剣、いかなる流派でもたちどころに倒すと聞いておりました」

「……」

「その目の傷は、ある仇討ちの助太刀をした折、三十人を相手にバッタバッタと

斬り倒したときに浴びた傷だとか。しかし、相手は三人も死に、十余人は大怪我、後は恐れをなして逃げたとの評判でござった」

「貴様、どこで、そのような話を……」

「これでも諸国流転をしながら、御家流である浅山一伝流《あさやまいちでんりゅう》を極めた者でございまする。佐々木殿と尋常に勝負致し、勝って看板を貰い、我が名を世間に広めとうござる」

犬山は門弟たちを手で払いながら、すでに間合いを取っている。そして、門弟のひとりから、木刀を取り上げ、「イザ」と身構えた。浅山一伝流は戦国時代の流派ゆえ、半身で腰を低くとっている。

だが、佐々木は自然体で睨みつけ、

「道場破りか……ふん。怪我をしても知らぬぞ」

「もとより、覚悟の上。さあ、三十人を蹴散らした腕前が本当か、見せて頂きたい」

と威嚇して刀を振り上げた。

浴びせ倒す構えの犬山に対して、佐々木はあくまでも軽く膝を曲げて直立しているだけだ。しかも、刀を片手にぶらんと垂れており、相手を呼び込むように間合いを取っている。

「キエーイ！」

相手の頭上に叩き落とすように、物凄い勢いで、犬山は打ち込んだ。

次の瞬間、犬山の木刀は佐々木に吸い取られるように、手から離れた。木刀は宙を舞って、床に落ちたが、そのときにはもう、佐々木の木刀が犬山の頭上に落ちていた——かに見えたが、紙一重で脇差しを抜き払い、額の上で受けていた。

「!?——ま……参りましたッ」

犬山はその場に崩れ、両手をついて、

「お見それ致しました。もし、真剣ならば、拙者の脳天はかち割られていたことでしょう。どうか、どうか。私を弟子にして下され。お願い申し上げまする！」

と平伏して頼んだ。

佐々木は奥歯を噛みしめるように顎を動かしながら、

「その腕で、道場破りとは片腹痛い。早々に立ち去れ」

と言ったが、犬山はどうしても入門したいとしつこく頭を下げていた。

猿吉は、何か狙いがあるのだろうと思いながらも、心配そうに見やっていた。

その夜――。

呉服問屋『雉屋』の離れでは、福兵衛を訪ねてきた猿吉が、犬山が道場破りをするふりをして、佐々木に近づいたことを伝えた。

「ほう。何のためにだい」

福兵衛は不思議そうに聞き返した。

「あっしも、帰りがけにちょいと耳打ちされただけなんですがね……『錬武館』という道場には、不穏分子が集まってるとか」

「不穏分子……」

「なんだか知らないけど、江戸に集まっている浪人たちが騒動を起こす兆しがあるらしいんですがね……ええ、大岡様が密かに探索をしてるのですが、その頭目格ではないかと、目を付けてるのが……」

「その道場主ってわけか」

「へえ。もしかしたら、あっしが見た道場の門弟たちが、その一味かも……」

犬山は元内与力ではあるが、今でも大岡越前の隠密として、江戸市中に目を光らせている。もっとも、本来は――讃岐綾歌藩の〝若君〟の同行を覗《うかが》わせるためであった。

　しかし、桃太郎君が、姫君だと分かったことから、一度は手を引いたのだ。が、思いの外、桃香が探索に首を突っ込むようになり、〝もんなか紋三〟顔負けの推理と行動力で、事件を解決することがある。よって、大岡は、〝見張り〟として犬山を付けており、密かに桃香に手を貸すように仕向けているのだ。

「実は……桃香姫も、不穏な浪人一味がいることに気付いておってな、前々から、城之内様に探らせているらしい」

「え、そうなんで？」

「私も詳しいことは知らないが、もし犬山様が探索している『錬武館』の道場主と、城之内様が調べている浪人一味というのが、重なっているとすれば……一緒に調べた方が良さそうだな」

　真剣なまなざしになる福兵衛を、猿吉は凝視していた。

「——なんだね。私の顔に何かついてるかね」

「前々から、気になってたんでやすがね。そもそも、『雉屋』はなんなんで？」

「というと……？」

「讃岐綾歌藩の御用聞きだってのは、けっこうだけど、どうして、ここで姫君が着替えたりするようになってんでやす」

猿吉は前のめりになって訊いた。

「教えてくれたって、いいじゃないですか。もう俺と福兵衛さん、そして犬山さんは、桃太郎君ならぬ、桃香姫の忠実な犬、猿、雉——じゃありやせんか」

「うむ……」

「元々、綾歌藩の隠密屋敷だったとか。俺も桃香さんが、実は綾歌藩の若君だと知ったときは、ちょいと調べたんだけどね……綾歌藩て、上様とはご親戚になるし、この深川一帯の〝御庭番〟の役目をしてたんじゃないかってね……」

「それは違う。上様は関わりない」

「本当に？」

「もっとも、松平御一門であることは確か。この辺りには御三家の水戸屋敷、御三卿の田安《たやす》様、一橋《ひとつばし》様の屋敷、老中や若年寄などのお屋敷も多い……本所菊川町にお屋敷があるのは、そのためで、何かあったときは護衛を受け持つ家柄ではある」

「そうなんでやすね。だから、桃太郎君のことも秘密にするしかないんだ」

「これッ。内緒ですぞ……よいですな」

いつになく福兵衛の目が険しくなったので、猿吉はぶるっと背中が震えた。

五

善右衛門は火付盗賊改方に捕らえられたまま、二日ばかり過ぎた。その間、薮坂清堂も出向き、薩摩経由で入った琉球由来の人参につき説明をした。元は武士であるから、毅然とした態度で、

「南町奉行所から頼まれて、試し植えをしていたものであるから、怪しいものではない。事情は、町奉行の大岡様もご存じのはず。篤《とく》と調べて貰いたい」

と清堂は訴えたが、片倉は承知しなかった。

「火盗改で調べているのは、あくまでも盗まれた人参のこと。嘘だと思うなら、そこもとも、その目で確認すればよい」

片倉は『錦華堂』の蔵から運んできたという人参を、清堂に見せて鑑定してみろと言った。清堂はときに、町奉行から依頼を受けて、殺しや不審死の死体検分などをしている。また殺しの現場を調べ、知見をもって下手人の手口や人物の割り出しなどの助言もする。

「どうだ、清堂先生……あなたが善右衛門に頼んで栽培させてるものかどうか。

それくらいは分かるであろう」

「……」

「如何かな」

「これはたしかに、本物の朝鮮人参……色も形も、もっと痩せている琉球のものとは違う……だが、対馬藩から仕入れているのは、かような生ではなく、干した人参のはずだ」

「いいや。それは物による。たしかに幕府に納められる多くは干したものだ。が、生を仕入れて、小石川養生所医師などにより、新たな使い方を工夫させることくらい、清堂先生も知っているはずだが」

炭火で乾燥させた紅参《こうじん》と、皮を剝いて干した白参《はくじん》とがあるが、朝鮮や中国のは野生のものばかりだ。幕府としては、ただの薬種としてではなく、栽培するのを目的に〝輸入〟しているのだから、生が多くて当然だ。根が枝分かれして足のように見えるから〝人参〟と呼ばれるのだが、幕末に伝わった食用の西洋人参とは別物だ。

「――この生の朝鮮人参を大量に、『錦華堂』が隠していたとは俄に信じがたい」

清堂はキッパリと言った。

「薩摩から渡ったものは、私も何度も吟味して調べた。それを元種として、日本でも栽培されるのならば、朝鮮人参が御禁制であっても、それを煎じたり茶にしたり、あるいは他の漢方や薬草と混ぜて、新しい薬を作ることができる。そのために、『錦華堂』に頼んだのだ」

「その立場を使って、不正に抜け荷をし、濡れ手で粟の儲けをしていた疑いがある」

断言する片倉だが、清堂はまったく承服できない。自分の養生所で、医学を学びながら、真面目に働いている小春と一緒になったほどの相手だ。清堂もふたりの人となりはよく知っている。罪を犯すような人間ではないと、清堂は訴えた。

「私も祝言の席に出たかったが、どうしても手を放せない急患が入った。そのことを、ふたりとも理解してくれていたのだ。そんな善右衛門がまさか……」

「さような話は関わりない。善右衛門には、おぬしも騙されていたのかもしれぬぞ」

「どういう意味かな」

「善右衛門がどんな人間か、どういう輩《やから》と付き合っているか、そして、何故に先代主人が急死したか……その辺りを調べれば、善右衛門という奴の本性が分かる」

曰くありげな片倉の言い草に、思わず清堂も声を強めた。

「そこまで悪し様に言うのなら、きちんと証を出せ」

「だから、今、調べている。先生も意外と、利用されただけかもしれないぜ」

片倉はさらに確信に満ちた目になって、

「とにかく、もう少し調べてみる必要があるから、何故に善右衛門が、清堂先生に近づいたか……その辺りのことを思い返してみては、如何かと……」

と静かに言った。

清堂の胸中には苦い物が広がった。たしかに善右衛門と知り合ったのは、そんなに古いわけではない。先代が亡くなって店を継いでからのことである。むろん、その前から丁稚《でっち》としては知っていたが、人として深く知っているわけではなかった。

深い溜息をつく清堂を、片倉はじっと睨みつけていた。

その翌朝のことである。

木場の貯木場で、土左衛門が上がった。材木は腐らないように海水に浮かべておくが、その筏《いかだ》のように組んだ材木の間に、若い男が俯《うつぶ》せで死んでいたのだ。

本所方同心の伊藤洋三郎《いとうようざぶろう》が来て、引き上げられた男を検分していると、猿吉が突っ走ってきた。引き上げられたばかりの腐敗が進んでいる土左衛門を目の当たりにして、

「――旦那、こりゃ……ひでえや……」

と目を逸らした。

「おいおい。俺より遅れてきた上に、その体たらくなら、十手返上だな」

「勘弁して下さいよ、〝ぶつくさ〟の旦那……俺は、これでも一生懸命やってるし、紋三親分にも認められてるんですから」

猿吉を振り返った伊藤は、朱房《しゅぶさ》の十手で鳩尾《みぞおち》辺りを突いてから、

「その〝ぶつくさ〟ってのはやめろ。たしかに俺は独り言が多いことくらい、てめえで知ってるが、おまえが言う筋合いはねえ」

「ごもっともで……」

「御用ってのは、一生懸命やったところで、結果が出なきゃ意味はねえ。だから、頑張ってますなんて言い訳はするな」

「え、へえ……」

「それと、紋三が後ろ盾にいるような口振りはやめろ。人の褌《ふんどし》で相撲を取ってるうちは、いつまで経っても一人前にはなれぬ」

「申し訳ありやせん……」

「あ、それから……」

「まだ、なんかあるんですかい」

「桃香って娘の岡っ引の真似事をしてるようだが、本所深川を取り仕切ってるのは、この伊藤洋三郎様だ。おまえは、いつからあんな小娘の金魚の糞になったんだ」

「そんなこと気にしてるんですかい。旦那だって、けっこう桃香さんに手柄を立てさせて貰ったじゃありやせんか」

猿吉がおかしそうに苦笑すると、伊藤は真顔で言い返した。

「うるさい。素人を相手にしてて、俺の探索に遅れるというのは承知できぬ。それとも、あの娘に〝ほの字〟なのか」

的外れのことを言うので、猿吉は話を戻して、

「旦那……そんなことより、早いとこ検分しないと。後で、藪坂先生にも視て貰わなきゃ、詳しいことは分からねえけど、こりゃ死んで何日も経ってる。魚の餌

にもなってるみたいですぜ」

「うむ。厄介だな……だが、背中に刀傷は、はっきり残っている。殺しだな」

と言いながら、伊藤が慣れた手つきで調べると、懐からお守りや鑑札みたいな木片が出てきた。見ると、

――『船満《ふなまん》』猪牙《ちょき》船船頭・小六《ころく》。

とある。

川船の中でも、猪牙船は利根川《とねがわ》や荒川《あらかわ》など大きな川を、物凄い速さで往来するため、鑑札が必要なのである。いわば、腕利きの川船船頭の証明である。船の大きさにもよるが、人を積んで一晩で上州と江戸を往復したり、材木を積んで急ぎ仕事をしたりもする。

「船頭の小六か……『船満』っていや、永代橋《えいたいばし》近くにある船主ではないか。何十艘もの船を持ち、船頭も沢山抱えている」

伊藤がすぐに気付くと、猿吉も頷いた。

小六の亡骸《なきがら》は、〝鞘《さや》番所〟と呼ばれる深川番所に一旦、人足に運ばせて、猿吉は『船満』の主人を呼びに走った。すぐさま、番所に来た主人の平兵衛《へいべえ》は、変わり果てた小六の姿に愕然と膝をついた。

「——小六、なんでこんなことに……」

平兵衛の話では、越ヶ谷宿《こしがやじゅく》まで杉細工の材料を仕入れに行っていたという。越ヶ谷宿は荒川と利根川との交わるところで、宿場でもあるから、よく出向く所で、小六は慣れている川筋だ。時には、利根川をずっと上って、上州まで出向くこともあった。

「帰る日は、たしか雨の強い日だったので、足止めを食ってるのかなと思ったが、それにしても帰って来るのが遅すぎるので、先方にも使いを出したんです」

「越ヶ谷宿のか」

「はい。ですが、とうに帰ったと……なので、川沿いの船番小屋や橋番、中川船番所、それから、うちの近くの自身番には届けてたんですが……誰がこんな目に……」

小六だけではなく、もうひとり一緒にいたはずの船頭も帰ってきておらず、いなくなったままだというのだ。

「もうひとり？　そいつは誰でえ」

身を乗り出して、猿吉が訊くと、平兵衛は応えた。

「弥八郎《やはちろう》という奴で、小六と同じ年の二十五です。ふたりは幼馴染みで……もしかしたら、大きな事故に遭ったのかも……」

「いや。見てのとおり、殺しだ。弥八郎との仲はどうだった」

今度は伊藤が訊いた。平兵衛は首を横に振りながら、

「旦那は、弥八郎を疑ってるんですか。それは絶対にありません。ガキの頃から、兄弟みたいに育ったふたりなんだから」

「だが、弥八郎が帰ってないのもおかしい。ふたりが狙われる心当たりはないか」

「いいえ、まったく。私どもはただ真面目に船荷を扱ってるだけで……」

「とにかく、何でもいいから分かったことがあったら、知らせるのだ。いいな」

念押しをした伊藤に、平兵衛は頭を下げたが泣き続けていた。

そんな様子を、格子窓の外から——。

源助がじっと見ていた。その目には、謎めいた光が漂っていた。

六

その夜も、火付盗賊改方の牢部屋では、善右衛門は激しく責め立てられていた。

天井に吊されて、笞打《むちう》ちをされていたのだ。

　幕府は自白をさせるために、拷問をすることは認めていた。ただし、奉行所や大番屋、自身番などで使える牢問《ろうもん》は、笞打ち、石抱き、海老《えび》責めに限られていた。釣《つり》責めは、死罪や遠島に該当する重罪で、評定所にて執行の許しが出たときだけ行われる厳しいものだった。

　だが、咎人《とがにん》のほとんどは、笞打ちで白状するし、強情な者でも石を抱かせると、たちまち自白した。鋭く尖った洗濯板のような上に正座させられ、その両膝の上に何貫もの石を重ねられると、向こう臑《ずね》が折れる。無実の者でも、「やりました」と吐いてしまうほど過酷である。

　朝鮮人参の抜け荷やそれによる暴利を得るなどの罪は、唐薬の独占や偽薬を売ったことにも該当し、磔《はりつけ》や獄門となる。よって、釣責めをしてもよいのだ。しかも、町奉行ではなく、火盗改が扱うとなれば、評定所の事前の裁決などはいらない。牢問扱いで実行できるのだ。

「強情をもっても始まらんぞ。白状するがよい」

　片倉が言うと、手下の同心が吊された善右衛門の体に激しく笞打った。

「吐露すれば、たちまち楽になれるのだぞ。あの朝鮮人参は私が盗んだものです。

「それで済む話だ」

「いいえ……わ、私はやっておりません……あれは……本当に薩摩から……」

「ええい。しぶとい奴めが」

さらに笞で乱打する同心たちも、全身に汗が流れていた。それでも手緩《てぬる》いと感じたのか、片倉が立ち上がり、傍らにあった棒を手にすると、思い切り背中を叩いた。

ボキッと鈍い音がした。構わず、片倉は竹割りでもするかのように、打ち続けた。笞打ちのときに後ろ手に締め上げるのは、骨に直に当たらぬ工夫でもある。それを、乱打をすると程度を越えて拷問ではなく、〝死刑〟同然になってしまう。

「片倉様、それ以上やれば、死んでしまいます……」

さすがに同心は押しとどめた。

不愉快そうに顎をずらして頬骨を鳴らした片倉は、忌々しげに棒を床に投げ捨てて、その場から立ち去った。他の役人たちも、吊している善右衛門を床に下ろし、縄を解いてやってから、牢から出て施錠した。

しばらくすると――。

天井板が一枚、音もなく開いて、するすると縄が下りてきた。黒装束に覆面の男が、曲芸師のように縄を伝って滑り下りると、ぐったりとした善右衛門に素早く身を寄せた。

「大丈夫かい、善右衛門さん……しっかりしなせえ」

囁《ささや》く黒装束の声に、身じろぎする善右衛門は、ようやく腫れた瞼《まぶた》を開けた。

「!?――ひっ。なんだ……殺すのか……」

喘《あえ》いだが、ほとんど声にならない。

「安心しなせえ、あっしですよ」

囁く声で黒覆面を取ると、その顔はなんと、源助であった。夢か幻でも見ている目になって、善右衛門は朦朧《もうろう》と見ている。

「随分と酷《ひで》えことをしやがるな。あいつら、人間じゃねえ」

「……げ、源助さん……どうして、ここへ……一体、な、なんです、その格好は？」

「そんなことより、どうやら誰かに罠を仕組まれたようですね。火付盗賊改方の片倉は、その手先に違いありますまい」

「罠……」

死ぬほど苦痛の体である。その上、意味の分からないことを問われても、善右衛門には答えようがなかった。なにより、舅《しゅうと》になった源助が、牢部屋にいるというこことが理解できなかった。

「火盗改方の片倉は、婿殿を朝鮮人参泥棒に仕立てようとしているようだ。何か心当たりはありやせんか……」

「そんなもの……」

あるわけがないと首を横に振った。

「実はね、今朝方、『船満』の船頭、小六が土左衛門で見つかりやした」

「ええッ!?」

「シッ声が大きい……」

源助は軽く善右衛門の口を押さえて、

「――『船満』と『錦華堂』は以前から付き合いがあり、大量の薬草を秩父《ちちぶ》や青梅《おうめ》、遠くは上州榛名《はるな》の方からも仕入れてるが、その際、小六らに頼んでやしたね」

「こ、小六が、なんで……」

「一緒にいたはずの弥八郎の姿も見えないんです、猪牙船ごとね」

「……」

「何か、危ない仕事を頼んだんじゃありやせんよね、若旦那……」

源助の言い草は、善右衛門が商売の裏で悪事でも働いているような口振りだった。

「娘婿を……しかも祝言を挙げたばかりの若旦那を疑うわけじゃねえが、顔見知りの三人ともに凶事が降りかかるのが、あっしには解せねんでさ」

「ちょ、ちょっと待ってくれ、源助さん……私には何のことだか……」

「小六、弥八郎は、ガキの頃は札付きだったらしいじゃねえですか。若旦那も一緒につるんでた時もある。だけど、横道に逸れないようにしてくれたのは、『錦華堂』の先代主人・徳兵衛さんですよね」

「源助さん、あんた……」

「昔のことを穿《ほじく》り出したいんじゃありやせん。そりゃ、手代になった頃は急に悪くなったから、番頭さんたちもちょいと手を焼いたそうだが、若旦那は立派な商人になりやした。だから、安心して、あっしは大事な娘を……でもね、人ってなあ、ちょっとした心の緩みで、昔のようになることもあるんでさ」

何もかも承知しているかのように、源助は話した。

押し黙ったままの善右衛門は、痛々しく体を捩《よじ》りながら、なんとか座って、

深々と頭を下げてから、

「——どうやら、源助さんは、只者じゃないようですね……薄々とは勘づいてたけど、本当はどういう……」

「ただの下足番ですよ」

「そんなことはないでしょう。ここまでしてくれるのも、どうして……」

「娘の婿だからですよ」

じっと温《ぬく》もりのある目で見つめる源助に、小さく頷いた善右衛門は、「正直に話す」とひそひそと話し始めた。

「実は……源助さんに頼みがある……私の店の奥の部屋に……」

ひとしきり訊いていると、人の気配がした。

「——辛いだろうが、もう少しの辛抱だ。小春も信じて待ってやすから」

源助は身軽に猿のように綱を登っていくと、天井裏に消えた。

入れ違いに役人が来たが、善右衛門も地面に屈伏するように横になり、苦しそうに悶《もだ》えた。訝しげに見廻しながら、

「なんだ、呻《うめ》き声か……とっとと吐いてしまえば楽になるのによ」

と役人はひとりごちた。

深川〝鞘番所〟を訪ねた源助は、伊藤洋三郎に一枚の書き付けを見せて、

「これは、『錦華堂』の善右衛門が作っていた裏帳簿です」

と言った。善右衛門が娘婿になったばかりだということも話した。

傍らでは、猿吉も神妙な面持ちで聞いている。

「番頭の喜助《きすけ》さんに立ち合って貰って、店の奥座敷……善右衛門の棚から、持ち出してきたものです」

「ふむ。これが、なんだというのだ」

「ごらんのように、『錦華堂』では火盗改が調べたとおり、朝鮮人参を密かに扱っておりました……『船満』の小六たちに持ち込まれたらしいのです」

「なんだと……?」

小六と弥八郎は、時に江戸湾の沖合に停泊する諸国からの回船から、荷揚げのための艀《はしけ》を扱うことがある。ある時、御禁制の朝鮮人参の処分を船主に頼まれて、善右衛門のことを思い出し、金に換えたというのだ。

「善右衛門は初めは断ったけれど、商売相手のことでもあり、強く押し切れず、自分の店で買い取ったらしい」

これは、その時の帳簿で、いわば損金を記したものである。

「では、火付盗賊改方の探索は筋違いではなかった。正しかったということだな」

「ところが、善右衛門さんは、それを他に売り捌いて暴利を得たりしておりやせん。自分の蔵に留めておき、滋養強壮剤や漢方薬と混ぜて使っていたそうです」

「立派な咎人ではないか。同情の余地はないな」

「朝鮮人参で暴利を得ていたわけではありません。むしろ、大損していたのです。問題は、火盗改の片倉様がどうして、朝鮮人参のことを知ったかです」

「そりゃ、密偵を何人も使ってる火盗改だ。怪しい動きを摑んだんだろうよ」

「かもしれやせんが、あっしがちょいと調べたところでは、こんなことがあったんです。それは、祝言の三日程前のことです」

慎重に言葉を選ぶように、源助は続けた。

「越ヶ谷の方に仕事に行った帰り、小六と弥八郎が仙台堀川から六間堀に入ったとき、善右衛門は取り引き先に出かけてて、たまたま見かけたんだ。その時の様子を、善右衛門は話してくれやしたよ」

「話してくれた……いつのことだ」

「火盗改の牢部屋でですよ。義父ですから、ちょいとね」

源助は誤魔化すように言って、肝心な話なので、よく聞いて欲しいと念を押した。

「いいですか、伊藤の旦那……小六を偶然、見かけたが、挨拶もそこそこに必死に逃げようとしたってんです。その時、弥八郎はおらず、後ろから、浪人者がふたりばかり追いかけてた」

「浪人者……」

「またぞろ何か悪事にでも加担したか、でなきゃ酔っ払って喧嘩を吹っかけたかと、善右衛門は思ったらしい」

見るからに危なっかしい雰囲気だったので、「何があったのか」と小六に声をかけると、地獄に仏を見たような顔で、善右衛門に駆け寄ってきた。浪人たちは一度は立ち止まった。チラリと善右衛門を見てから、路地に入ったという。

「善右衛門が近くの飲み屋に連れ込んで、小六から事情を訊くと、突然、浪人に斬られそうになったので、船着場に飛び降りて、走って逃げたとか……弥八郎の方は、そのまま猪牙船を漕いで逃げたらしい」

「小六と弥八郎が何をしたというのだ」

「初めのうち、小六は、『浪人者に追いかけられる理由はさっぱり分からない』と話していたらしいのですが……」

実は、その少し前、小六と弥八郎は、『船尻』という船宿で、たまたま密談らしきものを聞いてしまったというのだ。善右衛門がその内容を問い詰めると、

――江戸を火の海にしてでも混乱に陥れ、上様を亡き者にする。

というものだったと答えたらしい。

「善右衛門は、バカバカしいと相手にしなかったんですが、小六はずっと怯えていて、酒を飲む手も震えていたとか」

それでも小六は必死に訴えた。

堀川沿いの静かな通りでは、窓から漏れる声は、意外とはっきり聞こえるものだ。

「誰が話していたのかは分からねえが、見上げたら、身分の高そうな頭巾の侍もいた……こりゃまずいことを聞いたと思い、逃げようとしたら、船杭に櫓が引っかかったんだ……もたもたしているうちに、その座敷から浪人が来て殺されそうになったんだ」

と小六は話したというのだ。

善右衛門の話を伝えると、伊藤は腕を組み唸《うな》った。

「上様を亡き者にする、な……」

何か心当たりがあるのか、じっと聞いていた猿吉の方が険しい顔になって、突き動かされるように立ち上がった。

「じゃ、小六は、その浪人に斬られたってことになりやすよね、旦那」

「かもしれねえな」

「弥八郎が生きてりゃ、手掛かりになるが、この分じゃ、そっちも殺《や》られてるかもしれねえ……それと、もうひとつ気になるのは、朝鮮人参のことでさ」

猿吉が訊くと、間《あい》の手を打つように源助が答えた。

「ええ……小六が殺されたのは、密談を聞いたからではなく、朝鮮人参絡みじゃねえかと、あっしも踏んでやす」

確信に満ちた顔で頷く源助を見て、伊藤も猿吉も、ただの芝居小屋の下足番ではないなと感じていた。

七

讃岐綾歌藩の奥座敷では、文机の前で、桃太郎君がうつらうつらとしていた。目の前には書類が山のように積まれてある。

コツン——と中庭で音がした。鹿威《ししおど》しが鳴ったのだが、続けて、ココココン、ココンと変に続く。あっと目が覚めて立ち上がり、障子戸を開けると、そこには猿吉が控えているのが、月光に浮かんだ。

「なんだ、猿吉か……かような刻限に、覗きでもしてるのか」

「冗談も大概にしてくれよ。俺は手助けをしたい一心で、こうして梟《ふくろう》やムササビみたいに夜中まで働いてるんでやす」

「済まぬ。少々、寝惚《ねぼ》けておって……」

「若君姿も、なかなかいいもんですよ。若衆歌舞伎みたいで」

「世辞はよい。で、なんだ」

猿吉はするするっと桃太郎君に近づいて、ずうずうしくも部屋の中まで入ってきた。

「実は、上様のお命が……」

神妙な顔で、源助が持ち込んできた話をした。意外にも桃太郎君は驚かず、

「――私も不穏な輩を、城之内に調べさせていたのだ」

と言った。

「えっ。そうなんで……若君も知り合いの小春の親父さんは、とんでもねえ昔があるようで、はっきりとは言わなかったけど、ありゃ盗賊か忍びだったに違いねえ」

あの後、伊藤と猿吉ふたりに、火付盗賊改方の牢部屋に忍び込んで、善右衛門に会った経緯を話したのだ。

「へえ。あの源助さんが……」

桃太郎君も、源助のことは前々から知っていたが、ただの下足番だと思っていた。

「小春ちゃんは、知ってるのかな」

「内緒みたいですぜ。人には隠し事のひとつやふたつ、ありますものね」

「おい……」

「ま、源助のことは、また俺も調べておきますが、それより……上様のお命のこ

とですが、若君から大岡様のお耳に入れておいた方がようござんす」

「だが、まだ確たる証拠がない」

「小六が殺され、弥八郎が行方知れずなんです。用心に越したことはねえ。それに、俺は、『錦華堂』を陥《おとしい》れようとした侍を、突き止めておりやす」

「なんですって」

体を向ける桃太郎君に、猿吉はさらに近づいて声をひそめた。

「この近くに、『錬武館』という柳生新陰流の道場がありやす。道場主の佐々木主水という武芸者が、大勢の浪人を集めて、不穏な動きをしております」

「不穏な動き……」

「俺が調べたところでは、道場のみならず経綸寺に屯してる輩とも繋がっており、江戸で騒ぎを起こそうとしてるそうです」

「まことか」

「これは確かな話です。なにしろ、大岡様の元内与力、犬山勘兵衛様が道場に門弟として入り込んで、探ってることですからね」

「犬山さんが……」

「佐々木の道場は他にも幾つかあり、品川《しながわ》、内藤新宿《ないとうしんじゅく》、千住《せんじゅ》、板橋《いたばし》という江戸四宿にもあって、いずれも食い詰め浪人が集まっているという噂があるんでやす」

そこまで聞いて、桃太郎君は納得したように頷いた。

「なるほど、これで繋がった」

「え？　何がでやす」

「だから、城之内に調べさせていた怪しげな浪人たちは、その柳生新陰流の道場主・佐々木主水とやらが、上様暗殺のために集めていたってことが……だよ」

「なんだか、怪しい雲行きになってきやしたね」

「だとしたら、私たちの手に負える相手ではないかも……とはいえ、まずは善右衛門を救い出さなきゃならない」

その時、いきなり襖が開いて、城之内が入ってきた。手には刀を握っており、すでに鯉口《こいくち》を切って、いつでも抜ける体勢である。

「何奴だ……」

と言いかけた城之内が凝視すると、顔見知りの猿吉だと分かったが、訝って、

「紋三のところの若いのではないか。おまえが何故、屋敷におるのだ」

「へえ、実は……」

答えに困っていると、桃太郎君の方がすぐに返した。

「市井の情勢を探るために、密偵として使《つこ》うておるのじゃ。それより、城之内。おまえが調べてきた浪人たちの狙いが、はっきりしたぞ。直ちに、南町の大岡様に知らせて欲しいことがある」

真剣な顔つきになった桃太郎君に、城之内は刀を引いて威儀を正したが、そのピリッとした君臣の様子を猿吉は目の当たりにして、

「——へえ……やっぱり、若様らしいのも、なかなかイケやすね」

と思わず口から漏らした。

咳払いをする桃太郎君に、城之内は心配そうに、

「夜中まで起きているからです。近頃、風邪気味でしたが、もうお休みなさいませ。後は明日にでも私が……」

と気遣いを見せた。

いつも偉そうにしてるばかりだと思っていたが、城之内も存外、いい人なのだと、猿吉はニコリと微笑み返した。

今日も錬武館では、木刀での打ち合いの激しい稽古をしていた。

一見すると剣術修行にはげむ一途な武芸者ばかりにしか見えぬ。まさか江戸を

火の海にしてまでも、謀反を起こそうとしているようには見えなかった。

ひとしきり汗を掻いた後、上座で見ていた佐々木の目の傷がピクリと動き、

「おのおの真剣を持て」

と、おもむろに立ち上がった。

「本当の斬り合いになれば、木刀で叩き落とすような気迫では足りぬ。我が身が斬られるかもしれぬと思うと腰が引け、敵の付け入る隙を与えるようになる」

佐々木の表情が少しずつ険しくなっていくのが、誰の目にも分かる。

「しかも、敵はひとりを相手にするとは限らぬ。いや、むしろ町方与力や同心などはもちろん、城門の兵たちは、二、三人でもって、ひとりの敵にかかってくる。逃げ場はないのだ。こっちが死ぬ覚悟で斬りかからぬかぎり、殺される」

威圧する言い草の佐々木に、道場生に混じって聞いていた犬山の顔も真剣になった。道場全体が異様な雰囲気に包まれるのを、肌身で感じていた。

「――では、おぬし……犬山。他、数名、我はと思う者は前に出ろ」

犬山がゆっくり一歩前に踏み出すと、若い浪人たちも道場の真ん中に集まった。

その数人が円陣を組むような体勢になって、刀を構えて向き合う。木刀でも稽古したことだが、真剣だと尚、緊張した。

これは独特の稽古で、この円陣の中の誰が敵か味方か分からぬ状況を設定している。つまり、誰がいつ、どのようなキッカケで斬ってくるか不明の状態を作る。その上で、お互いを牽制しながら、斬りかかってくる敵を見極めて倒す、というものである。

佐々木は一同に向かって、朗々と言った。

「おまえたちはもう取得しておろうが、剣術には〝先《せん》の先《せん》〟、〝対《つい》の先〟、〝後の先〟がある。相手の打ち込んでくる気持ちを見極め、先に攻撃を仕掛けるのが、〝先の先〟……相手の動きを見抜いて、一瞬早く打ち込むのが〝対の先〟……そして、相手が先に打ち込んできたのを押さえながら、応じるのを〝後の先〟という」

犬山も真顔で聞いている。

「だが、かように敵か味方か分からぬ複数が向かい合ったときは、さて、どうする……〝後の先〟が優れておる奴が対応は早いが、実は〝先の先〟を極めておる者の方が、敵を見抜くのも早いということになる……はてさて、どうなるものか、お互い実戦の真剣でやってみせよ」

命令する佐々木の方は振り向かず、道場生たちはお互いを警戒しつつ、間合いを取って円陣を広げた。ほとんどの者が、「空剣」という、無形の位から敵の動きに応じて、千変万化の太刀を繰り出す構えである。

その中で、犬山だけは流派が違うためか、半身に構えて剣先を下げている。

この稽古には、道場主の「始め！」の声もかからない。いつ、どの拍子で、誰を斬ってくるか分からぬ状況である。

犬山は全方位に目を向けて、相手の目は見ず、切っ先に集中していた。目は誤魔化せるが、切っ先の微妙な動きは誤魔化せぬものだ。すると、左前の刀が動いて、犬山に突きかかってきた。同時、右前や前方、さらには左横、右横――つまり相手の数人は一斉に、犬山に斬り込んできたのである。

わずかに飛び退った犬山だが、相手の動きを誘い込んだ次の瞬間、まっすぐ円陣を突破するように前に踏みだした。

驚いて避けた正面の者の刀を弾き飛ばすと、他の者たちはそれを避けようと円陣が崩れたところを、犬山は横薙ぎに払い、後ろ正面になっていた者には、大上段から斬り倒した。

ほんの一瞬のことで、目にも止まらぬ速さであった。全員、悲鳴を上げながら、その場に蹲《うずくま》った。だが、犬山の刀には血糊ひとつ付いていない。

「刃を研いでないものだ。怪我をさせてはならぬのでな、普段は真剣は持ち歩いておらぬのだ。運が良かったな」

犬山はそう言いながら鞘に刀を収めて、佐々木に向き直った。

「端から俺を斬らせるつもりだったな。なぜだ」

「来た時から怪しかったからだ。道場破りのときも、わざと俺に負けたであろう」

「まだまだ修行が足らぬようだな……かように、おまえたちの所作は、動き出す前に公儀に読まれておる。下らぬ謀反などは、止めておいた方がよいな」

「……」

「でないと、次は本当に斬る」

釘を刺すように犬山は言うと、他の門弟たちを牽制しながら立ち去ろうとした。それを追いかけて斬ろうとした浪人たちもいたが、佐々木が冷静に止めた。

堂々と立ち去った犬山の姿が消えると、

「――やはり、公儀の犬だったか……こっちの動きが睨まれているとなると、次の手立てに移るしかあるまいな」

と佐々木は門弟たちに向かって、不敵な笑みを浮かべた。

南町奉行所の役所と役宅の間には、桔梗《ききょう》之間という来客用の部屋がある。箱火鉢がひとつあるだけの殺風景な部屋で、大岡が密談の場として使っている。

武士というよりは、学者のような穏やかな風貌で、物言いも静かであった。人当たりも穏やかで、苦労人であることが分かる。

だが、町奉行の職務柄か、感情をあまり表には出さず、見方によれば冷徹に映らないこともない。偉丈夫《いじょうふ》の犬山の前では、いかにも有能な官吏という態度で、

「分かったことだけ、有り体に申せ」

と大岡は言った。

犬山は『錬武館』であったことを伝え、将軍に対して謀反を起こす画策をしている節があることを話した。

「ですが、まだ、いつ何処で、一体何をするかまでは、摑めておりませぬ。一応、楔《くさび》は打っておきましたが、これで却《かえ》って必ずや事を起こすと思われます」

「ふむ。ならば、さらに手の者を増やして、『錬武館』を見張らせろ」

「ハッ。すでに手を打っておりますれば」

頷いた大岡は、少し遠い目になって、今し方、犬山から聞いたばかりの道場主

の名前を繰り返して呟いた。

「――佐々木主水、な……まさか奴が江戸に来ておったとはな」

「ご存じなのですか、お奉行」

「知ってるも何も、奴は元々、大岡家一族の出で、大岡忠勝《ただかつ》様の直系である」

藤原鎌足を祖とし、左大臣九条教実《のりざね》の末裔である忠教《ただのり》が三河国八名郡宇利《うり》郷に入ったのが、大岡家の始まりである。犬山が道場破りに入ったときに名乗ったのは、宗家の領地だ。

忠教の孫の忠勝が、徳川家康の祖父である松平清康《きよやす》に仕えてから、深い縁ができた。大岡家は、徳川家譜代の旗本なのである。大岡忠相から見れば、佐々木主水は、曾祖父の兄の家系にあたる。

だが、大岡忠相は将軍家に仕え、佐々木主水は尾張徳川家に仕え、尾張国春日井郡比良《ひら》城主・宇多源氏佐々木氏の一族に養子に入った。ここは戦国武将の佐々《さっさ》成政《なりまさ》とも繋がる名家である。

もっとも尾張も名家といえば、犬山勘兵衛もそうで、徳川十六神将のひとりに数えられる平岩親吉《ひらいわちかよし》が、尾張犬山城主であったことから、その家臣であった勘兵衛の先祖が犬山を屋号に貰った。

「恥ずかしながら、佐々木主水が、お奉行とご同族とは知りませなんだ。しかも、我が先祖と同じ尾張の出とは……いや、尾張柳生の使い手ということで、気付いておくべきでした」

犬山は恥じ入るように俯いたが、大岡は淡々とした表情で、

「佐々木が謀反とは、考えにくいが……元々、野心の強い男ではある。後ろ盾に、尾張宗春《むねはる》様がおらぬとは限らぬが、かの天一坊《てんいちぼう》事件では、背後で糸を引いていたのではと疑われ、それを機に、すっかり大人しくしていると思うていたが……」

天一坊事件とは、山伏の天一坊が、吉宗の落胤《らくいん》を称して浪人を集め、騒動を起こしたが捕らえられ獄門になった事件のことだ。

「やはり、尾張徳川家が関わっているのでしょうか……」

心配げに吐息する犬山に、大岡は静かに頷いて、

「かもしれぬな。そうでないことを祈っておる……ただ、何があったかは知らぬが、佐々木は浪人になっておると聞き及んでおる。別の狙いがあるやもしれぬ。篤《とく》と用心しておけよ」

と促した。そのときである。

与力の声があって、恐縮したように入ってきたのは、『雉屋』福兵衛であった。

犬山は意外そうに見やったが、福兵衛は当然のように頭を下げて、

「いつもお世話になっております」

と言った。

「『雉屋』の御隠居ではないか」

犬山が何用かと声をかけると、大岡が無表情のまま答えた。

「福兵衛はな、ただの讃岐綾歌藩の御用商人ではない。松平讃岐守のいわば〝御庭番〟として、本所深川を任されていた」

「〝御庭番〟のように……」

「その元締めだ。ゆえにな、上様の従兄弟の子である桃太郎君……いや桃香姫を密かに守らせていたのだ」

「――そうでござったか……」

「おぬしにも、桃香姫のことは前々より、見張り役に付けておったが、若君が実は女であることが、世間に洩れては困る。ゆえに、張り付けていたのだが、今後は……」

大岡は、福兵衛と犬山を見やって、

「桃香姫の見張りというよりは、手足として、動いて貰いたい」

と言った。

「ふたりとも知ってのとおり、桃香姫はお転婆《てんば》が過ぎて、自ら色々な事に首を突っ込み、町場をうろつき、危険を顧みず悪事を暴いてきた。この気質は今後も治る見込みはない。ゆえに、しばらくの間、『好きにさせてやれ』……というのが、上様のお考えだ」

「好きに……そんなことさせたら、何をしでかすか分かりませぬぞ」

桃香にには少なからず嫌な思いをしてきた犬山は、素直に納得できなかったが、福兵衛はにこりと笑って、

「元より、そのつもりでございます。いつかは、綾歌藩藩主に相応《ふさわ》しい誰かが、徳川御一門から婿として入るかもしれません。それまでは、お転婆を大目にみてやりましょうとの上様のご配慮、痛み入ります」

と礼を述べて、深々と頭を下げた。

「いつも犬山様は、桃香姫のことが気になっているではありませんか」

「そんなことは……」

「分かっております。可愛い娘のようだと話してたこともあるではないですか」

福兵衛はさらに続けて、大岡を見やり、

「犬山様が揺さぶりをかけたがため、佐々木主水がまた、さる身分の高いお武家に密会したのでございます」

「誰だ、それは……」

「まだはっきりとは分かりませぬが……駕籠には、水に葵の御紋でしたので、およそ見当はついております……船頭の小六が殺されたのも、善右衛門が酷い目に遭っているのも、このお武家のせいと思われます」

両手を突いて、福兵衛は大岡に頼んだ。

「直ちに、善右衛門を火付盗賊改方の拷問から救ってあげて下さい。私たちは、なんとしても、佐々木主水の狙いを暴き、事が大きくなる前に止めます。そのために、実は、桃香姫はもう、次の一手を打っております」

「次の一手……？」

「はい。その身分の高い武家と、繋がりがあると思われる大奥女中を、調べると申しております。自分の体を張って」

「大奥……自分の体を張って……おい、まさか……！」

大岡の胸には俄に不安が込み上がったが、福兵衛はなぜだか愉快そうに、声を殺して笑うだけであった。

第二話　大奥繚乱《りょうらん》

一

火付盗賊改方《ひつけとうぞくあらためかた》の牢部屋では、今日も善右衛門《ぜんえもん》が痛めつけられていた。気を失っては、何度も水を掛けられ、石を抱かされた。だが、その都度、失神した。もはや限界であった。自白する力すらも残っていなかった。

このままでは、死ぬ——と思われたとき、大岡越前《おおおかえちぜん》が入ってきた。

牢部屋の外の廊下で、床机《しょうぎ》に座って見物をしていた片倉《かたくら》は思わず立ち上がった。

「これは、大岡様……直々に、何かありましたでしょうか」

大岡は牢部屋内の惨憺《さんたん》たる姿の善右衛門を見て、眉を顰《ひそ》めた。

「後は、町奉行所で預かるゆえ、連れて行く。よいな」

「どういうことでございましょう。こやつは……」

「火付盗賊改の向井政樹《むかいまさき》殿には許しを得た。何より、此度《こたび》の一件は、おぬしの牢問のあり方も含めて評定所扱いとなった。大人しく引き渡すがよい」

しばらく考えていた片倉は、苦々しい顔になって、

「お言葉ではございますが、火付盗賊改方は、町奉行に命令される謂《い》われはありませぬ。たとえ向井様が許したとは言っても、所詮は先手頭《さきてかしら》・石崎弾正《いしざきだんじょう》様の加役に過ぎませぬゆえ、私は石崎様に代役を任されております」

「屁理屈を言うな」

「いいえ。道理でございます。しかも、私は若年寄《わかどしより》の松平佐渡守《まつだいらさどのかみ》様、直々に石崎様の代役を命じられておりますれば」

「評定所扱いと申したはずだ」

「ならば、いつでも評定所に出向きますが、今、火盗改の探索にて捕らえている咎人《とがにん》を、町奉行所に引き渡すことはできませぬ。それが罷《まか》り通れば、如何なる事案でも、火盗改に町奉行所が横槍を入れることになりましょう」

梃子《てこ》でも動かぬとばかりに、片倉は頑張った。

たしかに、町奉行が役方という文官ならば、火盗改は番方という武官である。江戸城下の治安を預かるのが町奉行であり、関八州や諸国の領域や対象身分を超えて、治安維持を全うするのが、火盗改である。

先手組とは、軍隊の先陣とか先方の役目から来ており、もし合戦があれば、真っ先に突入する役目があった。泰平の世ゆえ、戦はないが、万が一、何処かの藩が幕府に軍隊を向けたとしたら、先発隊として戦わねばならない。

その先手組の頭領が、火付盗賊改方を兼務しているのだ。が、職務が繁忙になってきたので、追任された者が加役であるはずの火付盗賊改方を〝本役〟として執行していた。

だが、先手頭の指揮下にあるので、火付盗賊改方はそれに従うのが慣例だった。

「ですから、大岡様。どうでも、この咎人を町奉行所に引き取りたいのであれば、先手頭の石崎様の同意を得るか、さもなければ……若年寄様に許可を貰ってきて下さい」

先手組は、将軍のみならず、江戸在府の大名が外出する折の警護役を頼まれる武官であり、鉄砲組や弓組が三十組あり、それぞれの組に、組頭や与力十騎を合わせ、五十人の同心がいる。つまり、千五百人余りの大所帯であった。

ゆえに先手頭は、格式高い名門から選ばれており、大岡といえども、おいそれと敵《かな》う旗本ではなかった。

しかも、番方の意地もある。片倉自身、身分は〝鉄砲組頭〟であった。五十人の番方を預かる威厳ある立場である。

「どうぞ、お引き取り下さいませ」

生意気そうに言う片倉に、大岡ともあろう大物町奉行も、押し切ることができなかったのである。町奉行は老中支配、火付盗賊改方は若年寄支配という違いもある。やむなく出直すしかなかった。

「だが、片倉……火付盗賊改方には、町奉行と違って〝お白洲〟を行うことはできぬ。人を裁く権限はないのだ。これ以上の拷問も許さぬ。分かっておるな」

「もちろんでございます」

「ならば自白を強要するのは控えよ。見張り役として、与力をつけておく。これは、江戸町人を守る町奉行の権限である。よいな」

それについては、渋々と承知した片倉だったが、大岡は強く念押しをして、一両日の中には再訪すると言って立ち去った。

「ふざけたことをぬかしおって……」

片倉はひとりごちると、見張りの与力・宮宅左内《みやけさない》が鋭い目を向けた。

「今なんと申した。奉行に対して失礼であろう」

「こっちは何も、町奉行所と喧嘩《けんか》をしたいわけではない。筋を通しただけだ。おぬしも辛い立場であろうな……かような御禁制の抜け荷を扱う輩《やから》を、庇《かば》いたくないだろうに」

と声をかけた途端、片倉はガツンと鉄扇で宮宅の頭を打ちつけて、失神させた。

「ふん。おまえも、どこぞで土左衛門になって浮かぶか、ええ？」

凶悪な顔になって、ニンマリと笑う片倉の様子を――。

天井裏から、源助《げんすけ》が覗《うかが》っていた。

「なんとかしなきゃ、このままじゃ死んじまう……」

その夜のことである。牢部屋の前まで忍び込んできた源助は、器用に鍵を開けた。

眠っている善右衛門を抱え上げると、老体の何処に力があるのかと思えるほど、しっかりと支えて牢部屋から出した。気付いた善右衛門は声を出そうとしたが、源助は軽く口を押さえて、

「町奉行様が直々においでましになっても、この様だ。あっしは命に代えてでも、婿を救い出しますぜ」

囁くように言って、予《あらかじ》め確保していた、裏手の道に連れて行った。誰にも気付

かれることなく、なんとか掘割沿いの通りに出たが、星もない真っ暗な夜道を手探りするように、船着場まで行った。

「大丈夫ですよ……店には帰らず、このまま、しばらく何処かに身を隠しておきやしょう。なに、任せて下せえ」

船着場の石段を下りたとき、泊めていた川船がないのに気付いた。

――おや？

と思ったとき、頭上に蠟燭《ろうそく》灯りが灯《とも》った。

そこには、片倉と見知らぬ浪人が三人ばかり立っていた。

「牢抜けは死罪だぞ、善右衛門」

「ああっ……」

「先程、南町のお奉行様が、火付盗賊改方には〝お白洲〟で裁く権限はないと言うたが、その代わり、逆らう者には〝斬り捨て御免〟なのだ。つまり、俺の判断で、死罪にできるってことだ。やれ」

片倉が命じると、控えていた浪人が石段を駆け下り、刀を抜き払い様、ふたりを斬ろうとした。だが、とっさに源助は、善右衛門を突き飛ばして、川に落とした。

「逃げろ！　どこまでも逃げろ！」

源助は叫んで、近くにあった板切れも投げ飛ばした。無駄な足掻きかもしれぬが、今はそうするしかない。そして、斬りかかってくる浪人の間を、猿《ましら》のように擦り抜け、石段を登った。

だが、行く手には、すでに抜刀した片倉が立っている。

「先日も、怪しげな奴が牢部屋に忍び込んだ節があったが……おまえの仕業か」

と言いながら、片倉が切っ先を向けた。

身構える源助の背後から、浪人たちが浴びせるように斬りかかったが、必死に転がりながら避けた。その源助の顔に、蠟燭灯りを突きつけたとき、

「——おまえは……!?」

片倉の顔の方がキラリと光った。

「おう、まさしく……〝むささびの源〟ではないか」

昔の名前を呼ばれて、一瞬、源助はびっくりしたが、まじまじと片倉を見て、

「ようやく気付いたかい。俺は、おまえさんが『錦華堂《きんかどう》』に来たときから分かってたぜ。何か悪事を企《たくら》んでるってな」

「ああ……祝言のときは気付かなかったが……そうか、生きてたのか、むささび

ってわけか」

の源……なるほど、盗賊から足を洗って、芝居小屋に下足番として潜り込んでた

「……」

「しぶとい奴は、地中に潜っても百足《むかで》のように生きているのだな。それで、商売替えってわけだな」

「なに……？」

「今度は、娘を出汁《だし》にして、『錦華堂』って大店《おおだな》を乗っ取るつもりか、ええ？」

「なんだと……」

「それとも何か。善右衛門の弱味でも摑んで、脅しをかけたか……いや。おまえのことだ。もしかして、先代の徳兵衛《とくべえ》を毒殺して、善右衛門を主人に納まらせたのは、おまえの仕業か？」

「何の話だ」

「なるほどな。それなら頷ける……おまえが必死になって、善右衛門を救おうとするのがな……なあ源助。おまえに人助けなんざ、似合わないんだよ」

「違う。善右衛門さんは、前の主人を毒殺なんざするわけがねえ。突然、死んだから、疑われただけだ」

「ほう。庇うのか」

「そりゃ善右衛門は、ちいとばかし悪い頃もあったが、真面目な人間だ。だから、俺あ、娘を嫁にやったんだ」

「で、身代を乗っ取ってガッポリって算段か。ふん、盗っ人よりも割がいいってか」

「ふたりは、本当に惚れ合った仲なんだ。苦労させた娘を幸せにさせたいだけだ」

「悪党が人間らしい幸せなんざ、口にするな」

「ふざけるな。てめえら、火盗改は人を見りゃ悪党扱い。本物の悪党捕まえりゃ、脅して金を奪う。ああ、知ってるぜ……」

源助は身構えたまま睨み上げて、

「盗っ人から、金の隠し場所を喋《しゃべ》らせた挙げ句、そいつは殺して、金だけをてめえら火盗改で山分けしてる。極悪人はどっちでえ」

と声を荒らげた。

「恐れながらと、おまえたちがしてきたことを訴え出たっていいんだぜ」

「誰が信じる。盗っ人ふぜいの戯《ざ》れ言《ごと》を」

「今度のこともそうでえ……おまえが裏で繋がってる奴は、先刻承知なんでえ」

「なに……」

鋭い目で睨み上げて、源助は言った。

「善右衛門を悪者に仕立て上げ、得する奴が誰か……俺は調べてたんだよ。蛇の道は蛇だ……こちとら、おまえが『錦華堂』に来たときから、焦臭《きなくせ》えと思ってたんだよ」

「……」

「近頃、怪しい動きをしている尾張柳生新陰流の佐々木主水……それでも、知らねえって言い張るのか、ええ？」

片倉はほんのわずかに口元が歪《ゆが》んだが、冷静な目で源助を見つめ返し、

「知らぬな。ここで会ったが百年目、冥途《めいど》に行きな。その方が娘も幸せだ……婿になる男は罪人、父親も元盗賊では、あまりにも不憫《ふびん》で涙が出るわい」

「黙りやがれ、てめえ！」

懐の匕首《あいくち》を抜いて、思わず片倉に突きかかった源助の背中を、浪人がバッサリと斬った。声をもなく仰《の》け反る源助に、他の浪人も叩きつけるように斬った。

虚空を摑むように倒れた源助は、喘ぎながらも懸命に、

「――小春《こはる》……小春……すまねえ……」

と詫びながら息絶えた。

二

幸いにも善右衛門は、溺れかかっていたところを橋番の番人に助け上げられた。懸命に事情を話すと、伊藤洋三郎《いとうようざぶろう》を呼んでくれ、直ちに南町奉行所に身柄を預けられた。

源助の亡骸《なきがら》は、その場に捨て置かれたため、通りかかった豆腐屋が見つけ、これも自身番番人の手を通して、検分をされた後、『錦華堂』にいる娘に届けられた。

亡骸に縋《すが》りつく小春は、自分たちの身に何が起こったかすら分からないほど、混乱していた。番頭や手代ら店の者や近所の者らもいたが、源助の身に何が起こったのか、悲嘆に暮れるとともに、恐怖も広がっていた。

桃香《ももか》と猿吉《さるきち》も駆け付けてきて、突然のことに愕然となった。伊藤からは、――火付盗賊改方の牢部屋から、源助が善右衛門を逃がした。その後を追って来た片倉たちに、源助は斬られた。

と聞いている。善右衛門が証言したことだが、桃香としては、さっさと話をつけられなかった大岡の失態だと思っていた。そのことを城之内《じょうのうち》を通して、大岡に訴えたが、

「源助の行いは軽率の誹《そし》りを免れぬ」

というのが答えだった。

――まったく、どいつもこいつも……！

怒りの矛先を何処に向けてよいのか、桃香は苛立《いらだ》っていた。

「小春ちゃん、大丈夫だよ。私が仇討《あだう》ちをしてあげるからね。必ず、善右衛門さんと幸せにしてあげるからね」

桃香はそう誓った。だが、源助までが殺された今――その本当の原因は、桃香にはまだ分かっていないが――真相を暴くことでしか、怒りは収まらないと思っていた。

だが、善右衛門をすぐに帰宅させれば、また何が起こるか分からない。小春自身の身も危ないからと、しばらく綾歌藩《あやうたはん》の藩邸内で預かることにした。もちろん、危険であるという事情を城之内に話し、説得したのは『雉屋《きじや》』福兵衛《ふくべえ》である。

桃香は〝若君〟となって、火付盗賊改方に乗り込もうとしたが、向こうの方から『錦華堂』にまた押しかけてきた。手下を連れて、悪辣《あくらつ》な態度で、

「小春はおるか」

と片倉が訊くと、番頭の喜助《きすけ》はいないと答えた。

「何処《どこ》におる。差し出せ」

「どうしてですか」

傍らで見ていた桃香が前に出た。祝言の席にいて食らいついてきた町娘だと思い出したのか、片倉は舐《な》めるように見て、

「大人しく言うことを聞いた方がよい」

「理由を聞いてます。善右衛門さんは町奉行預かりになり、朝鮮人参の抜け荷の疑いも晴れつつあります。小春さんに何か」

「知らぬなら教えてやろう……小春の親父は元は盗賊だ。〝むささびの源〟という血も涙もない輩だ」

番頭や手代たちは吃驚《びっくり》したが、桃香は只者ではないと承知していたから、

「それが何だと言うのですか。だから、無惨にも殺したのですか。あなたのその手で」

と睨みつけた。

「何処の小娘か知らぬが、余計なことに口出しせぬ方が身のためだ。小春は何処だ。邪魔立てすると、盗賊の娘が嫁に入ったということで、『錦華堂』は闕所《けっしょ》にしてやるぞ」

「芝居小屋の下足番の娘です。よしんば、元は盗賊であったとしても……」

桃香はさらに片倉を睨み上げて、

「あなたたちの不正に立ち向かったからこそ、源助さんは殺された。違いますか」

「！……」

「もう概《おおむ》ね見当が付いてます。あなたは誰か偉い御仁に頼まれて、『錦華堂』善右衛門さんを咎人に仕立て上げた。でも、その裏で、本当に朝鮮人参を使って悪事を働いている者を庇っている。違いますか」

すべてを承知しているかのように、桃香は問い詰めたが、片倉はほくそ笑んで、

「その程度の考えしかないのか……相手にならぬ。とっとと小春を出せ」

「あなたの考えは見え透いてます。小春さんを人質にして、善右衛門さんを町奉行の手から奪い返すつもりでしょう。さすがに、大岡様もそこまで愚かじゃあり

ませんよ」

「ほう。名奉行を愚か者扱いか」

「小春さんなら、菊川町《きくかわちょう》の讃岐《さぬき》綾歌藩で預かっております」

「え……!?」

片倉は驚きを隠しきれなかった。おそらく綾歌藩の本所深川《ほんじょふかがわ》界隈における〝役目〟を、知っているのであろう。将軍の親戚に当たるということも分かっているから、一瞬、ためらったのであろうが、

「——そんな小藩の名を出して怯《ひる》むと思うてか。こっちには、徳川御一門の後ろ盾のみならず、大奥の実力者も控えておいでじゃ。すぐに引きずり出してやる」

と自慢げに言った。

「ふうん。バカはやっぱり、口が軽いね」

「なんだと」

「語るに落ちるってね。徳川御一門や大奥の実力者が悪さを企んでるんだ。へえ。ついでに誰か教えて下さいな」

唇を噛んだ片倉は何も答えず、

「おまえが、ただ讃岐綾歌藩を持ち出したからだ。後悔するのは、小娘。おまえ

だ」

と訳の分からぬ見得を切って立ち去った。

すると近くの路地から、猿吉が飛び出してきて、桃香に目配せをすると、片倉を尾《つ》けはじめた。小春は讃岐綾歌藩の藩邸にいると知ったからには、次の手立てを打つであろうからだ。

ところが――。

片倉がその足で向かったのは、綾歌藩の藩邸ではなく、意外にも尾張柳生流道場の『錬武館《れんぶかん》』であった。

片倉が入ってくると、一瞬にして緊張が走り、神棚の下で稽古を見ていた佐々木の表情も一層、険しくなった。

「どうだ。事はうまく運んだか」

声をかけたのは、佐々木からで、片倉の方が一歩下がった態度で、

「はあ、それが……善右衛門は南町の大岡の手の内のまま。花嫁の小春は、なぜか讃岐綾歌藩の屋敷に匿《かくま》われている様子で……」

「綾歌藩……」

訝しげな目になった佐々木は、木刀で軽く床板を叩いて、

「どういうことだ……南町の大岡と関わりがあるのか？」

「大岡は上様の腹心中の腹心。綾歌藩の藩主は、今は病とかで国元におりますが、吉宗《よしむね》公のいとこを娶《めと》っております……元々は三河徳川家の旗本であり、家康公に江戸入封した折から随行し、松平の姓を賜り、深川が埋め立てられる頃から尽力している家系」

「承知しておる。紀州御庭番十七家・村垣家、川村家などとも深い関わりがあり、いわば江戸の目付役をしていたとか」

「面倒なことになりましたな……さような藩邸に連れ込まれては、火付盗賊改方といえども、おいそれとは踏み込めず、さりとて大岡も善右衛門の話を信じましょうから、抜け荷の下手人に仕立てるのも無理が……」

ぺらぺらと片倉が話しているのを、佐々木はブンと木刀を振って止め、

「他人事のように話すのう、片倉……」

と鋭い目を向けた。

「あ、いえ……」

思わず顔を伏せた片倉に、佐々木は野太い声で、

「おまえが任せろと言うから、『錦華堂』の一件は託したのだ。それを今更、で

きませんでしたでは済まぬ話だ。どうでも、『錦華堂』が抜け荷の全てを請け負っていたことにして、事を収めねばならぬのだ」

「申し訳ございませぬ」

「手緩《てぬる》かったのではないのか……善右衛門という者は、後ろめたいことがあったにしても、抜け荷のことなぞ本当に知らぬのだから、吐くわけがあるまい」

「はあ……」

「白状したことにして、小伝馬町《こでんまちょう》に送ればよかったのだ」

「いえ、しかし、火盗改方の手下もおりますれば、あまり無理を通せば逆に疑われます。事実、南町が動いておりますれば」

「さよう。なぜだか知らぬが、この道場にも妙な輩が現れた。後で分かったことだが、大岡の元内与力《うちよりき》の犬山《いぬやま》という奴だ」

「犬山勘兵衛《かんべえ》……！」

　喉を鳴らした片倉は、明らかに恐怖に引き攣《つ》ったような顔になった。

「あやつは……なぜか内与力を辞したが、その後、江戸市中で隠密働きをしているとの噂です。もしや、この道場の動きも……」

「かなりの凄腕だった」

「ええ。拙者も一度、刃を交わしたことがありますが、腕に覚えのある火付盗賊改方の連中でもまったく相手になりませなんだ」

「本当に厄介なことになったな」

「はい……」

「おまえがだ。とっとと善右衛門を始末すれば済んだ話だ。使えぬ奴めが」

「いえ、それは……」

片倉は不満そうな顔になって、

「そもそも、船頭に話を聞かれ、殺し損ねた佐々木様の落ち度ではありませぬか。その時、善右衛門にまで見られてしまった……お陰で、後始末をしたのはこの私です。文句より、感謝の言葉が欲しいくらいですな」

「……」

「小六《ころく》は土左衛門で見つかったが、弥八郎《やはちろう》だって早晩、江戸湾の投網にでも引っかかるでしょう。そうなったら……」

「言いたいのは、それだけか」

「――なに……？」

居直るように鋭い目を向けた片倉に、佐々木は静かに、

「俺は言い訳ばかりする奴が一番嫌いだ」

と唾棄《だき》するように言うなり、木刀で頭を打った。ウッと崩れた片倉に、門弟たちがまるで試し斬りでもするように、真剣でバッサバッサと斬り倒した。

三

「ほ、ほ、本当でやんす！　火付盗賊改方の片倉はあっさりと斬り殺されたんだッ」

目の当たりにした光景に恐怖を感じたあまり、喉が渇いていたのか、猿吉は掠《かす》れ声で必死に言った。

呉服問屋『雉屋』の離れである。

雨戸を閉じ、行灯《あんどん》明かりの中に、潜むように福兵衛と犬山がいる。その前で、猿吉はぶるぶると震えながら、道場で見たことを知らせているのだが、要領を得なかった。

「しっかりせぬか、猿吉――おまえは、ただの岡っ引のつもりでいるなら、とっとと辞めて構わぬのだぞ」

犬山は冷静に言った。

「で、でもよ……人って、あんなにバッサリと簡単に斬れるものなのかよ」

「血も涙もない奴ならば、世の中に幾らでもいる」

「けど、殺しは殺しだ。俺はこの目で見たのだから、お白洲でも何処でも、きちんと証言するからな、ああ」

すでに伊藤洋三郎を通して、南町奉行所に報《しら》せているという。

「ならば大岡様が動くであろう。それにしても、火盗改を斬り捨てるとは……」

福兵衛が苦虫を潰すと、犬山も同じように顔を顰めて、

「佐々木は浪人たちに異様なほど人気がある武芸者だ。上様のお命を狙う首謀者のひとりに間違いあるまいが、後は後ろ盾だ」

「ですな……」

「間もなく神君家康公の法事がある。もし、それを狙ってのことなら、もはや俺たちだけの手に負えることではない。番方が総出で立ち向かわねば」

「仮にも天下を狙う企てが、一介の浪人だけで成せるとは思えませぬ」

「そのことについては、俺も調べている」

道場に潜り込んでいたときに、佐々木と繋がりのある者を調べていたのだ。

「小六たちが見た覆面の侍って奴ですか」

「同じ奴かどうかはまだ分からぬが、佐々木は……松江藩《まつえはん》と繋がりがあった」

松江藩とは、日光や会津とともに、後に朝鮮人参を栽培することを、幕府から認められる藩である。しかしまだ、朝鮮人参に関することはすべて幕府の独占業であった。

にも拘わらず、藩領内で密かに栽培し、高値で江戸で売り捌いている節があるのだ。『錦華堂』が特別に公儀から許しを得て、栽培実験してたような程度ではなく、藩の事業同然に大規模でやっていた。

その出雲《いずも》国松江藩の藩主といえば、徳川家門である松平少将《まつだいらしょうしょう》だが、松江藩支藩である広瀬藩《ひろせはん》の松平佐渡守は、若年寄であった。松江藩が広瀬藩を隠れ蓑にして栽培させているに違いないと、大目付の諸国巡見使によって、前々から幕府に報告されていたのである。

「松江藩領の前海に、大根島《たいこじま》という周囲二里半ほどの小さな島がある。島全体が緩やかな丘になっており、朝鮮人参の生育に相応《ふさわ》しいらしい」

そこは『出雲国風土記』にも、大鷲が蛸《たこ》を運んで飛来したことから、〝たこ島〟と呼ばれたと記されている。

ここで栽培された朝鮮人参は、宝暦年間になって、幕府が江戸に〝朝鮮人参座〟を開いて、高値で取り引きされるようになるのだが、松江藩にも独占販売が認可される。会津藩の国産人参方同様、松江藩にも人参方という役所ができ、本格的な栽培が始まり、藩財政を潤すことになるのは、もっと時代を下る。

とにかく、栽培が難しいとされ、収穫するのに数年の歳月がかかり、一度使った畑は十年も二十年も利用ができない。それゆえ、高価にもなるのだが、その栽培方法や精製や手入れ方法などは、藩の極秘事項だった。

「それほど苦労して作った朝鮮人参であることは分かりますが、法外な値で密《ひそ》かに売り捌いているとなれば、幕府も黙っておくわけにはいきませんな」

福兵衛は忌々しげに言ったが、犬山の心配は別のところにあった。

「栽培がうまくいかない。だが、朝鮮人参は密かに売り捌きたい。そこで、対馬《つしま》藩の船荷を奪って、大坂や江戸で金に換えていたのが、松江藩だとしたら、どうだ」

松江藩は堀尾吉晴《ほりおよしはる》が、遠江《とおとうみ》浜松から出雲・隠岐二十四万石の大守として入った家門で、代々、新田開発や殖産興業に力を入れていた。特に藩統制のもとに行われる製鉄や蠟燭作りが盛んだったが、漆や桑、楮《こうぞ》、茶、朝鮮人参などの栽培も行われていた。

しかし、利益の高い朝鮮人参の栽培が思いの外、失敗続きで、〝抜け荷〟のような悪行に手を染めていたかもしれぬのだ。

「――そんなことを……」

「もっとも、松江藩というより、支藩の広瀬藩の仕業なのだが、本藩も見て見ぬふりに違いあるまい。なにより、広瀬藩の藩主・松平佐渡守は、若年寄の職にある」

「幕府のお偉方が、そんなことを……」

「万が一、表沙汰になっても、家老らのせいにするのだろう。だから、ぐうの音も出ぬようにしたいのだ。確たる証拠もないままでは、上様も直々に問い質《ただ》すこともできぬゆえな」

犬山が上様の名を出すほど緊迫した状況であると、福兵衛は感じていた。

江戸城本丸の帝鑑之間《ていかんのま》にて――。

広瀬藩藩主であり、若年寄の松平佐渡守が、本日の合議の話し合いをしており、一段落ついたときである。

裃《かみしも》姿に若衆髷《わかしゅまげ》の桃太郎君が入ってきた。一同に挨拶をしてから、

「お初にお目にかかります、佐渡守様。それがし、讃岐綾歌藩・松平讃岐守貞範《さだのり》が一子、桃太郎吉徳《よしのり》でございますれば、お見知りおきのほど、宜しくお願い奉りまする」

と頭を下げた。

佐渡守は役者のような優男で、まだ三十半ばの壮健な体つきであった。野心に燃えたぎった目をしており、いずれ老中になるであろうとの評判であった。

思いも寄らぬ客である桃太郎君を、まじまじと見て、佐渡守は訊いた。

「讃岐綾歌藩……はて、さような藩がありましたかな」

「三万石の小藩であります」

「それは皮肉でござるか。我が広瀬藩はわずか一万四千石。城も陣屋に毛が生えたようなものでな。若年寄の職につけたのも、上様の贔屓《ひいき》があってのこと。本来なら幕閣にはなれぬ石高でござるゆえ」

「皮肉などと、とんでもございませぬ。広瀬藩といえば、松江藩と一心同体ですし、佐渡守様が優れた施策をなさっていることは、家門としても、よく存じ上げております」

「これまた、からこうておいでか。身共はみなに煙たがられておる」

帝鑑之間にいる他の大名を見廻しながら、苦笑した。

「そこもとは、帝鑑之間ではないが……」

「はい。柳之間《やなぎのま》詰めでございます。それゆえ、廊下から挨拶をさせていただいておりますが、しばしよろしいでしょうか」

「前触れの茶坊主も寄越さず無礼であろう」

佐渡守は面倒臭そうに言ったが、その場にいた他の者が、

──桃太郎君の母親は、上様のいとこだ。

と耳打ちした。そのせいか、佐渡守は無下に断れぬと思ったのか、「なんでござろう」と渋い顔を向けた。

「松江藩といえば、〝御七里役人〟がありますね。その役職があるのは、徳川御三家と松江藩だけですが、ある七里役所から、かようなものが見つかったのです」

御七里役人とは、藩と江戸を結ぶ特別な飛脚便で、御箱状を運ぶために七里ごとに役所を置いていた。これは、結城秀康《ゆうきひでやす》の三男直政《なおまさ》が出雲国に入ったときに、将軍家に毎日、ご機嫌伺いの文を届けたいという思いで設けられたものだ。

後に、国元と江戸を結ぶ重要な文書を扱うようになったが、鼠木綿地の竜虎紋様などの半纏《はんてん》を目印とした七里飛脚が、その特権を笠に着て、乱暴狼藉を働くことが多くなった。

「先般、揉め事があって、腹を立てた何者かが、七里役所から御用箱を盗んで開けたところ……松江藩の国家老・笹久保内膳《ささくぼないぜん》から、あなた様……佐渡守様宛ての文がありました」

「なに……」

「ご覧になられますか」

桃太郎君が差し出すと、佐渡守は自ら近づいてむしり取った。それを一瞥《いちべつ》するや、佐渡守は丸めて放り投げた。

「下らぬ。これが何だと言うのだ」

「分かりませぬ。そこには、『三千人』としか書かれておりませぬ。なので、何を意味するものか、お尋ねしたかったのでございます」

「知らぬな。そもそも、かような文を何故、そこもとが持っているのだ」

「さあ、どうしてでしょう……」

首を捻る桃太郎君を、目を吊り上げて睨みつけた佐渡守だが、自ら心を静める

ように、

「一体、何が言いたいのだ」

「江戸や大坂で捌かれている朝鮮人参のこと……を書いているのかと思いました。三千は、対馬藩から盗まれた箱の数。人は、人参のことかと……それとも、秘密の合い言葉か何か……」

「もうよい。忙しい身なのでな」

「後ひとつだけ……尾張柳生の佐々木主水殿とは如何なる関わりが？」

「……」

「深川の『船尻《ふなじり》』という船宿で、御前を見かけたという者がおりましたもので」

ほんのわずかに鋭いまなざしになったが、佐渡守は突き放すように、

「――さてもさても……つまらぬことで引き止めるでないわ。それとも、讃岐の大名が……いや、まだ若衆髷をしている、名跡もついでいない尻の青い者が、儂《わし》に説教か。それとも、他藩の政事に干渉でもするつもりか」

「……」

「徳川の御家門であるならば、もう少し学問や儀礼を修業なさるがよい。これ以上、しつこくすると、若年寄として、城中でそなたの不行跡を責めねばならぬ」

佐渡守が立ち去ろうとする、その背中に向かって、明瞭な声をかけた。

「人参の花を見たことがありますか」

「なに……」

「大概の人参は、花が咲く前に収穫されるけれど、じっと耐え抜いていると、雪が散ったような綺麗な花が咲きます。それは〝辛抱の花〟とも言われてます」

「それが、なんだ」

「私はその白い花を見るまで、あなたを追い詰めます」

見上げる桃太郎君を振り返りもせずに、佐渡守は立ち去った。

帝鑑之間に詰めていた他の者たちは、何事かと恐々とした目で見ていた。佐渡守に楯突くと、廃藩など酷い目に遭うことを一同は、よく知っていたからである。

それほどの実力者であったのだ。

四

堺町《さかいちょう》は江戸の〝昼千両〟という賑わいを見せる芝居町である。

寛永十一年（一六三四）に村山座が建てられてから、中村座などが櫓《やぐら》をあげるようになった。櫓とは幕府公認を意味する。木挽《こびき》町の山村座、河原崎座、森田座などと競い合っていた。

源助が下足番として働いていたのは、〝江戸三座〟のひとつ中村座である。江戸の荒事、上方の和事と言われるが、中村座は男女の機微を表現する和事の評判もよく、今日も上方浄瑠璃から『冥途の飛脚』が演じられていた。

しかも――宿下がり中の大奥御中﨟《おちゅうろう》・瀬川《せがわ》が歌舞伎見物に来ているので、町は大騒ぎである。

御中﨟とは、将軍や御台所の身辺を世話する身分の高い大奥女中で、家格や出自が良く、容姿端麗の女が選ばれた。しかも、大奥の老中と呼ばれる御年寄の推挙なくしては、成り立たなかった。ゆえに、側近の奥女中らを従えて、まるで大名行列並みであり、警備の番方の侍たちも芝居町のあちこちに屯《たむろ》していて物々しかった。

下足番の源助が無惨に殺されたことなど、瀬川は知ることもないであろう。二階桟敷席《さじきせき》に陣取り、優雅に芝居を楽しんでいた。

瀬川が芝居見物に来るのは、特に贔屓《ひいき》の役者がいるからではなかった。本当の目的は、惚れた男との密会であった。大奥は将軍以外の殿方は入れぬ。もちろん、奥女中が男と関わり合うことがあってはならない。宿下がり中であっても、もし〝不義密通〟があれば死罪である。

惚れた男との逢瀬は、芝居茶屋《しばいぢゃや》で行われていた。芝居茶屋とは、中村座や山村座などそれぞれの小屋に専属する形の、料理屋のことである。

芝居茶屋には格式や大きさがあって、概ね大茶屋《おおぢゃや》、小茶屋、出方と分かれており、瀬川が利用するのは、『相模野《さがみの》』という大茶屋であった。中村座に隣接しており、大名や大身旗本、豪商などの富裕層が相手の料亭であった。ちなみに、中村座だけで大茶屋は十六軒と小茶屋が十五軒もある。

歌舞伎役者に惚れて、通い詰める大名子女なども多い。贔屓の役者を大茶屋の一室に連れ込んで、大盤振る舞いをして楽しんでいたが、大奥女中は江戸城外に出る機会が乏しいため、なかなか役者遊びはできなかった。

調度品や高膳が整っている奥座敷で、瀬川が来るのを待ち侘びていたのは、誰であろう、松平佐渡守であった。

「――早く芝居が終わって欲しいと、もどかしかったわいなあ……」

と役者のような言葉使いをしながら、華麗な綸子《りんず》の打掛姿の瀬川が現れた。迎え入れた佐渡守は、瀬川を上座に座らせ、

「待ち侘びておりました」

これまた丁寧な態度と口調で、嬉しさに満ちた顔で平伏した。

大奥女中と若年寄が城外で会うのは異様な光景のように感じるが、実はそうでもない。むしろ、城中本丸御殿は、役所である表御殿と将軍の自宅である中奥、そして大奥と壁で分断されているので、決して会うことがない。

老中が重要な政事の全てを司る長官だとすれば、若年寄は将軍周辺の内務を司る。そして、御年寄は大奥を支配しており、この三者は職務上同格である。よって、御中﨟の瀬川は若年寄の松平佐渡守より格下だが、将軍のお手つきである御中﨟は、〝お腹様《はらさま》〟といって次期将軍の母親になることもあるので、下座には置けない。

しかも、奥女中の宿下がりの警護を受け持つのは若年寄支配の書院番であり、滞留する芝居茶屋を守り、ご機嫌伺いに来るのは当然のことであった。

「瀬川様には、ご機嫌麗しゅう存じます。此度の芝居見物も楽しまれたでしょうか」

型通りの他人行儀な挨拶をする佐渡守に、瀬川も穏やかな笑みを浮かべて、

「心苦しい芝居でした。雪の道行《みちゆき》の場では、胸が痛くなりました。このまま、何

処ぞへ行きとうなりました」

と言った。

側近の奥女中が数人控えているが、佐渡守も何の戸惑いも見せず、

「さよう。ふたりして手に手を取って、冥途の旅へと参ろうかのう」

と返した。この奥女中たちも楽しそうに、袖で口を隠してくすくすと笑うのは、瀬川と佐渡守の仲睦まじさを知っているからだ。ここで逢い引きするのも、幾度と繰り返していることを承知している。

気を利かせるように、付き添いの奥女中たちが一斉に立ち去ると、誰の目に憚《はばか》ることもなく、瀬川の方から佐渡守に寄り添った。

「大奥と中奥、たった一枚の壁しか隔ててないのに、千里のように遠ござりました」

若年寄とはいえ、めったに中奥まで行くことはなかったが、将軍御座の間で閣議を開くことはよくある。その際、佐渡守は御鈴廊下の向こうには、瀬川がいると思うと切ない気持ちになった。ましてや、将軍が大奥入りすることを御広座敷の役人から聞くと、胸が掻き毟《むし》られる思いがするのだ。

佐渡守がそう伝えると、瀬川も同じ気持ちであると甘えた声で言った。

そもそも、瀬川が大奥入りしたのは、佐渡守の後押しがあったからである。若年寄に大抜擢されたとき、親戚筋に当たる旗本の娘・美佐を大奥に推挙したのだった。

大奥女中は御目見得以上と御目見得以下があるが、御年寄以下、御客会釈《おきゃくあしらい》、中年寄、御錠口《おじょうぐち》、表使、御右筆など御目見得以上は旗本の子女からなった。将軍や御台所の身の回りの世話をする御中臈も旗本の子女に限られている。側室になることもあるからだ。

まれに裕福な商家の娘が、嫁入り前の行儀見習いとして奉公に上がることがある。その多くは、〝部屋方〟と呼ばれる下級女中として、御目見得以上の奥女中に付く。旗本の子女でも、御三之間という御目見得以下の職から始めるが、まれに商家の娘でも御次や御右筆などに引き上げられ、将軍の目に止まることもあった。

いずれにせよ、大奥女中は、表の役人同様に激しい出世争いがあった。将軍の側仕《そばづか》えという権威があり、政事とも深く関わることが多かったからだ。

一日中、大奥の千鳥之間にいる御年寄は、老中と対等で、御三家や有力大名に招かれては、上様への陳情や嘆願を受ける。その御年寄に可愛がられている御中臈が、大奥内で力を持つのは当然であり、誰もがなれるものではなかった。ましてや瀬川のように将軍の寵愛を受けている御中臈ともなれば、名誉職のような御年寄よりも、実質の権力を持っている。

それを利用して、佐渡守は幕閣内でも実力を伸ばしてきた。いや、そのために、瀬川を大奥入りさせていたのである。ふたりの野望はようやく結実しつつあった。

「——ようやく、〝お腹様〟になれたようです……」

瀬川が甘ったるい声でしなだれかかると、佐渡守は少し驚いた顔になった。

「まさか……本当に、上様の子ではあるまいな」

「あなた様のお子であります」

「そうなのか……これは、めでたい」

愛おしむように腹の辺りを撫でながら、佐渡守は将軍吉宗の様子を訊いた。

「相変わらず御壮健で、病死する……なんて前兆はありませぬ」

「ならば、少しずつ毒を飲ましていかねばならぬな」

「はい。大奥入りするたびに、朝鮮人参を煎じて飲んで頂くのですが、それにほんの少しずつ、〝石見銀山《いわみぎんざん》〟を混ぜております」

いわゆる砒石《ひせき》から作られる殺鼠剤として使われる劇薬である。密かに佐渡守が手渡していたものである。

「上様に冥途に発って頂いたとしても、継嗣の家重《いえしげ》様がおられ、弟君の宗武《むねたけ》様もおられ、まだ幼少ですが、四男の小五郎様もおられるからな……徳川宗家は安泰だ。それでは、俺たちが困る……」

家重は後の九代将軍・宗武は〝御三卿〟筆頭・田安家の当主、小五郎は後に一橋家当主となる宗尹《むねただ》である。十代将軍になる家治《いえはる》も、御三卿のひとつ清水家の当主となる重好《しげよし》も、まだ生まれていない。

「家重様は、生まれつき体が虚弱で、言葉も不明瞭で、幼少から大奥に籠りがちだ。こんなのが将軍になられてはたまらん。宗武様は去年、元服をしたばかりだが、兄があああだから、自分が将軍になる気に満ちている。なかなかの野心家だ」

佐渡守が言うと、瀬川は同意して頷いた。

「はい。日頃から、四歳も年上の家重様のことを悪し様に言っております」

「まずは宗武こそをどうにかせねばな……上様は利口な宗武を尾張徳川家の養子に入れ、尾張家当主にしようとしたが、当然、宗春《むねはる》様に反対された」

「そのようなことが……」

「上様は宗武様のことを、長幼の序を破る野心があると思うたからだ……宗武様が尾張家に行っておれば、事は簡単なのだがな」

「ええ、家重様と小五郎様は如何にでもできようものですが、どうなさるので？

この子を将軍にするために」

佐渡守の手に重ねながら、瀬川は問いかけた。

「まずは、家重様を亡きものにし、宗武様を謀反人に仕立て上げる。誰もが、宗武様ならば、頭の弱い兄を排除したと思うであろう。だが、上様はさようなことをした宗武様を、放置するわけがない。徳川一門も幕閣も、必ずや御家断絶にし、高野山にでも送るであろう」

「なるほど。そしたら、この子が……」

微笑《ほほえ》んだ瀬川だが、宗武が謀反を起こすにはどうするのかと訊いた。

「すでに謀反を起こす浪人たちは揃えておる。俺の名は出さずにな。さらに、城中の書院番は俺の支配、命令に従うよう準備を整えておる……後は仕上げを御覧《ごろう》じろだ」

佐渡守は野心に満ちた笑みを浮かべ、

「今宵は久しぶりに、ゆっくり楽しみたいものだ……上様と俺とどちらがよいか、正直に申せよ、むふふ」

五

大奥の暮らしに自由はない。ゆえに、宿下がりが楽しみとなり、七月の四万六千日《しまんろくせんにち》では、廊下に出店のようなものが並び、

「今日は宿下がりができるぞえ」

と七つ口を開いて騙すのが、恒例の儀式となるほどであった。それほどふだんは厳しく、退屈な勤めだったのだ。

行事は年頭の御祝儀から始まり、暮れの除夜まで、二十四節気と七十二候の他に、灌仏会《かんぶつえ》、御嘉祥《おんかじょう》、天下祭、東叡山開山忌《とうえいざんかいさんき》など、毎日のように行事がある。いずれも雅なものだが、それゆえ祝儀や服装などの規則や上下関係は厳しく、虐《いじ》めで病気になったり死ぬ奥女中もいた。

――死んで宿下がりができる。

という不幸も覚悟しなければならない。

直近の行事は、東叡山開山忌である。これは、上野寛永寺《うえのかんえいじ》を創建した慈眼大師《じげんだいし》の忌日だ。慈眼大師とは、徳川家康の参謀であった天海大僧正《てんかいだいそうじょう》のことである。徳

川三代に仕えた名僧ゆえ、大切な忌日法要だった。

この日は将軍が直々に出向くこともあり、それが適わないときは、御年寄を御代参として遣わし、目録を備える。

今般は将軍吉宗に代わって、家重と去年元服したばかりの宗武の兄弟が打ち揃って、上野寛永寺に参詣する予定になっていた。それに、月光院《げっこういん》と御年寄らも随行する。

月光院は、六代将軍家宣《いえのぶ》の側室であり、七代将軍家継《いえつぐ》の生母である。正室だった天英院《てんえいいん》は高齢のため、西の丸に籠もりきりである。このふたりは、吉宗が将軍就任の際には、火花を散らして戦っていた。月光院は賛成、天英院は反対の立場だった。が、最後にはふたりとも、吉宗が八代将軍になることに賛成した。

吉宗が江戸城入りする前は、家継の生母として、従三位の階位も受け、月光院の権威は絶大だった。

大奥は乱れており、時の幕政を牛耳っていた将軍側用人・間部詮房《まなべあきふさ》とは深い仲だった。月光院付きの大奥御年寄・絵島《えじま》が、歌舞伎役者の生島新五郎《いくしましんごろう》に入れあげ、門限に遅れる事件も起きた。それによって、大奥に忍び込ませ、逢瀬を繰り返したという話まで広がった。

間部詮房は、新井白石《あらいはくせき》とともに、吉宗によって罷免され、大奥も〝人員整理〟するなど刷新された。が、伏魔殿と呼ばれるほど、謎めいたことが多かった。何しろ、江戸城本丸一万坪余りのうち、六千坪近くを大奥が占めているのだ。大奥三千人というのは大袈裟だが、千人を超える奥女中が働いていたのである。

その中のひとりとして、桃香が紛れ込んだのは、瀬川が佐渡守と逢瀬を楽しんだ数日後のことだった。

佐渡守の行動を探っていた桃香は、まさか芝居見物のときに、瀬川と密会するとは考えてもみなかった。もちろん、桃香がふたりの話を聞いたわけではない。だが、『錬武館』との一件などにも、深い繋がりがあるのであろうことは察することができた。

御中臈は十二石、四十両、四人扶持《ぶち》という俸禄を得る。表の幕府役人に比べれば微禄であるが、やはり将軍付きともなれば、権力や権威がある。将軍を通して、政事にも影響があるからだ。

瀬川が日頃、暮らしているのは〝溜り間〟と呼ばれる御中臈控所である。丁度、将軍が大奥入りする際に通る〝御鈴廊下〟の突き当たりにある。八畳二間と六畳があり、南側は襖障子がなくて開けっ放しになっている。将軍の正室・御台所の居室に比べれば、襖絵も華やかではなく、狭くて質素である。

ただ最も将軍の寝所に近い。お手つきの御中臈が控えているに相応しい場所で、普段は長局《ながつぼね》という宿舎にいる部屋子たちも、この場にて待機していた。

その中の末席に、楚々《そそ》とした淡い色柄の着物を着た桃香がいた。

「——おまえか……月光院様付きの部屋子から、わらわに仕えるというのは。御年寄様から聞いておったが、挨拶が遅いのう」

瀬川が声をかけると、桃香は恐縮して頭を下げて、非礼を詫びた。

「申し訳ございません。あまりにもお美しいので、見惚《みと》れておりました」

「世辞は嫌いじゃ。新参者には、裸踊りをさせることになっておる。着物を脱げ」

「えっ。それは、ご勘弁願えないでしょうか」

「本当に踊るのではない。刺青がないか、刃物を隠し持っていないか……などを調べるためじゃ。嫌なら、雇わぬ」

と瀬川はキッパリと言った。

天英院であろうが、月光院であろうが物ともせぬという口振りである。

桃香は仕方がないと覚悟をして、その場で帯を解き、襦袢を脱いで肌を見せた。

瀬川はまじまじと見つめながら、

「上様好みの白い肌じゃのう……月光院様が私に付けたということは、上様の目に触れさせたいためであろうが、大奥でのしきたりは分かっておるのう。部屋子は御目見得以下ゆえな、もし御鈴廊下にて、上様に声をかけられたとしても、決して顔を上げてはならぬぞえ」

「承知しております」

「公儀御用達の薬種問屋の姪っ子らしいが、町人が出しゃばる所ではない。適当に過ごして、よい嫁ぎ先を見つけるがよい」

「はい。ありがとうございます。宜しくお願い致します」

一引《ひき》、二運、三器量——と言われるように、大奥では上の者に好かれない限り、出世の見込みはない。それゆえ、下級女中たちは自分が付いた奥女中の顔色ばかり窺っていた。瀬川の部屋子たちもそうで、主人には絶対に逆らえない雰囲気がある。

その夜から、桃香は割り与えられた長局の一室に過ごすことになった。西の丸にいたということになっていたが、あまりにも分からぬことばかりなので、戸惑っていた。

「あなた本当に月光院様付きだったの。ほら、さっさと動きなさいな」

少し年上の同部屋の御半末《おはした》という雑用係の女中が、何かと面倒を見てくれた。

大奥の職制の中では最下位だが、気品に溢れていた。

御三之間、御仲居、御火之番、御使番など御目見得以下の女中でも、役職によるが五石、数両、二人扶持が出る。きちんと勤めておれば、城から出るときには、それなりの貯蓄ができているわけで、退職金とも言える御免料も含めて嫁入りの持参金となった。

主人たちの夕餉《ゆうげ》や入浴などが終わった後は、しばし女中たちの遊びの時が設けられている。将軍や御台所に一日中、仕えているから緊張し続けて、心身の安まる時はない。昼間も、琴や和歌、謡などの習い事もせねばならぬ。武芸はもちろん、羽子板などの遊び相手の稽古もやる。

——はあ……意外と草臥《くたび》れるものなんだなあ……。

と桃香はヘトヘトになっていた。

それでも、年頃の若い娘たちばかりであるから、おまた返しや片はずし、つぶいちなど髪結や髪飾り、唐衣や打掛、小袖などの着物、その装身具などに触れて嬉々としている。また黒塗り蒔絵《まきえ》の化粧台や鏡を前にして、白粉《おしろい》化粧や紅化粧などの話は尽きなかった。

桃香もその輪の中に入って、ついつい一緒に楽しんでしまい、何をしに大奥まで忍び込んできたか、忘れてしまいそうだった。

奥女中たちは忙しい日々の息抜きに、茶の湯や歌合わせ、時に城内の濠《ほり》での船遊び、花見や蛍狩り、吹上《ふきあげ》での夕富士を楽しむ主人に同行して、楽しい時を過ごしているらしい。大奥は鳥籠に飼われているようなものとはいえ、飽きることがないほど広い。町場とは別世界であった。

もっとも自由は限られ、窮屈この上ないので、桃香には性が合わなかった。

ある日——。

上様の大奥入りがあると、中奥と大奥の取次役である御錠口《おじょうぐち》から報せが入り、瀬川ら身分の高い女中らが、将軍を迎えるべく御鈴《おすず》廊下にずらり並んだ。部屋子の桃香は、この場にはいない。

将軍が大奥で休むときには、蔦《つた》之間で遊技や雑談をした後、床入りは夜四つ（午後十時）となる。御座敷は、狩野《かのう》派の絵画の障壁で囲まれた御上段と御下段があり、〝奥泊まり〟の時には、この御上段で過ごす。つまり寝所である。

厚さ五寸の厚敷物二枚重ねの上に、敷き布団を置き、掛け布団も数枚あった。

鼻紙台や煙草盆、飲み水なども置かれている。御中臈と床入りするときには、監視役の宿直《とのい》が寝ずの番で御座敷の両側に控えていた。つまり睦言《むつごと》を聞いているわけだ。

「――上様……お褒め下さいませ」

瀬川はおもむろに切り出した。懐妊したことを伝えたのである。

「まことか。それは祝着至極。この年で子を授かるとは、めでたい、めでたい」

「ありがとうございまする。もし男の子ならば、上様に似て、壮健賢明なお子に違いありませぬ。楽しみでございます」

「女の子ならば、そちに似て美しい女子《おなご》になるであろうのう」

「嬉しゅうございます……」

心から喜ぶような声で吉宗に縋りつき、

「私はほんに果報者でございます。大奥に入った頃には、色々と虐《いじ》めにも遭いましたが、苦労の甲斐があったというものです」

「これからも体を大切にして、無事に赤子を生んでくれよ。余も楽しみじゃ」

「はい。ついては、上様……ひとつだけ、お願いがございます」

「なんだ」

「このお腹の子が男の子ならば、宗武様が田安家を立てたように、御家を立てて下さいませんでしょうか」

「うむ。宗武を前例とし、そうなるであろう。尾張や水戸に将軍家を奪われぬためにも、余の子たちの中から、必ずや将軍が出るように堅牢な仕組みにしておかねばならぬゆえな」

「ありがたき幸せでございます」

さらに甘ったるい声になって、瀬川は喜びを表してから、

「ところで、明後日の東叡山開山忌ですが、上様の代参として、家重様と宗武様がおいでなのは変わりないでしょうか」

「さよう。それが如何した」

「月光院様と御年寄の船橋《ふなばし》様も参りますが、私は身重ゆえ、ご辞退してもよろしいでしょうか……昼間、船橋様に相談したら、月光院様には伝え置くと……」

「大奥のことは大奥で決めるのがしきたり。御年寄に従うがよい」

「ですが、まだ……懐妊のことは伝えておりませぬ。上様にお話しする前に、申し出るのは遠慮しておりました」

「相分かった。明日、そちのことは余からも、天英院様、月光院様、そして幕閣

たちにも伝えおこう。案ずるな」

吉宗が優しく返したときである。

「誰じゃ。出会え、出会え」

当直の奥女中の声がすると同時に、薙刀を抱えた警護役の奥女中が十数人、駆け付けてきた。この中には、御庭番の〝くの一〟も交じっているはずだ。もちろん寝所の床下や天井裏などにも、御庭番は控えており、中奥の御広敷には番方が寝ずの番でいる。

「何事だ！」

立ち上がった吉宗が声をかけると、瀬川も驚いて様子を見ていた。すると、御鈴廊下から奥女中が三人ばかり顔を出し、

「失礼を致しました。女鼠を一匹捕らえました」

泥棒の隠語だが、江戸城中にしかも大奥に盗っ人が入るとは思えぬ。吉宗は何事かと再度、問い詰めると、薙刀《なぎなた》を突きつけられて、引っ張り出されたのは——身軽な小袖姿の桃香であった。

蠟燭に照らされた、その顔を見た瀬川は目を見開いた。

「おまえは！　やはり、おかしいと思っていたのだ。一体、何をしていたので

す」

　驚愕の声で責める瀬川に、警護役の奥女中が答えた。

「上様の御寝所ではなく、瀬川様のお部屋で何やら物色しておりました」

「なんと……この者をキタに連れてお行きなさい」

　キタとは、北部屋上之間のことで、大奥の片隅にあり、折檻《せっかん》部屋と恐れられている所である。すぐに承知した警護役の奥女中が連れ去ろうとすると、桃香が必死に訴えた。

「中村座の芝居小屋で、若年寄・松平佐渡守と密会していたのは何故ですか」

「なに……」

「お腹の子は、松平佐渡守の子ではないのですか」

「上様の前で、何をはしたないことをッ」

　怒鳴りつけた瀬川を無視して、桃香は帯に挟んでいた文を投げ出した。しわくちゃになっており、その場に落ちた。

「ここに、血判状があります。瀬川様の部屋から見つけ出しました……上様。この瀬川は謀反の張本人でございます。騙されないで下さいまし、上様！」

　必死に声を張り上げる桃香を、護衛役の奥女中たちは薙刀の柄で押さえつけた。

「――なに、謀反だと……」

吉宗が文を取ろうと歩き出すと、先に瀬川が駆け寄って拾い上げて見て、

「なんじゃ、これは。何も書いてないではないか。おまえは、私に怨みでもあるのか。月光院様お付きの女中などと申しおって、まことは誰じゃ。誰かの間者か！」

と声を荒らげた。

たしかに、何も書かれていない白紙であったが、吉宗が声をかけた。

「待て、瀬川……その者の話を聞かせろ」

「申し訳ありませぬ、上様」

瀬川は土下座をして深々と頭を下げた。

「かような不埒者を部屋子に入れてしまい、上様にご迷惑をおかけしました。この上は、きっと問い質して、この者の正体を暴きますゆえ、しばらくお待ち下さいませ」

「いや、しかしな……」

「上様。大奥には大奥のしきたりがあり、上様でも口出し出来ぬことは、存じ上げておりますよね。不始末があれば、私の命をかけて、償い致します」

覚悟を決めた目で見上げた。吉宗はそれ以上、何も言わなかった。ただ、

——何処かで見たような顔……。

という感じがして、まじまじと桃香を見つめていた。連れ去られる桃香が吉宗に目配せをすると、その先は御小座敷の片隅で、一枚の紙が置かれていた。

六

翌朝、登城の刻限前に、江戸城本丸・尾張家の詰め部屋大廊下に、在府中の徳川宗春が呼び出された。登城順の手続きを省いて、側用人が自ら案内役として招いた。

さらに、そこから中奥の将軍御座之間に通されると、すでに吉宗が上席に鎮座していたので、宗春は驚いた。

吉宗よりも一廻り年下で、まだ青年の顔つきだが、艶々《つやつや》した肌と若い頃からの燃えるような目つきには野心が宿って見えた。吉宗に負けぬ偉丈夫で、堂々としている。

もっとも、吉宗と宗春は、五代将軍綱吉にも六代将軍家宣《いえのぶ》にも一緒に謁見して

いる。幼名の新之助と求馬《きゅうま》の頃から親しかったのだ。殊に、宗春は吉宗のことを兄のように慕っていた。吉宗の方も、自分にはない大らかさや自由さ、慣習に囚われない考えや発想に惹かれていた。

恭しく顔を上げた宗春が、御座の吉宗を見つめて、

「此度の火急のお呼び出し。何か、徳川家の一大事でありましょうや？」

と訊いた。だが、相手の返事を待たずに、

「その前に、実は……上様のお命をお救い致すべく参上しようと思っていたのです」

宗春は神妙な面持ちになって、わずかに膝を進めた。珍しく真顔になるのを、吉宗は一瞬、ためらいながら、

「それは、どういう意味かな、宗春殿」

「実は過日……ある者たちから、巧みに誘われたのでございます。上様を亡き者にする企てに加わらぬか、と」

「なんと……」

吉宗は訝しみながらも、相手は尾張家当主である。すぐに打ち消すような物言いはせず、宗春の話を真摯《しんし》に聞く態度を見せた。宗春も探るような上目遣いなが

ら、穏やかな口調で続けた。

「深川にある『船尻』という船宿に、尾張柳生の佐々木主水という者に、誘い出されました。この者は、『錬武館』という道場を開いており、旗本御家人の子弟らに柳生新陰流の稽古を通して、心身錬磨や人格陶冶《とうや》を教え込んでおります」

「さようか。尾張柳生なら、おぬしも当代一の使い手ではないか」

「畏れ入ります」

「で、その佐々木主水とやらが、謀反を企んでいるというのか」

「私を将軍に据えるために、上様はもとより、家重様、宗武様にも手を出すなど と……冗談でもさようなことは言うなと止めました。酒に酔った上での戯れ言かと思うてましたが、奴は……佐々木は江戸に溢れている浪人たちをも集めているので、尾張藩の〝御土居下同心《おどいしたどうしん》〟などを使《つこ》うて調べてみましたところ……不穏な動きを摑みました」

　御土居下同心とは、名古屋城下を守る役人だが、実際は藩主の護衛を兼ねた隠密である。ゆえに、市ケ谷《いちがや》御門外の江戸上屋敷にも同行していた。

「……」

「その折、私の名前だけを貸してくれと言われましたが、それも断りました。ですが、どうやら、奴らは本気で事を起こすやもしれぬと心配になりまして……もとより謀反の心など些《いささ》かも私にはありませぬ。ですが、不穏な動きがわずかでもある限りは、まずは上様にお報せをと、参上しようとしていたところでございました」

懸命に話す宗春の顔を、吉宗は凝視していた。その意図を計りかねていたのだ。

「——で……？」

吉宗の淡泊な反応に、宗春は逆に意外な目になって、

「驚かれぬのですか」

「この泰平の世に、話が大きすぎて実感が湧かぬ。さような動きがあれば、余の御庭番から報せが来るであろうし、大目付や目付、あるいは町奉行からも異変が伝わろう」

「で、ございますな……」

「おぬしのまったくの杞憂《きゆう》か、でなければ、宗春殿もまさに担がれたのであろう」

「ならば、宜しいのでございますが……」

浮かぬ顔になる宗春に、吉宗は真顔でしばらく見つめてから、声をかけた。

「若い頃、一度、旅をしたことがあったのう。余が紀州から尾張に立ち寄り、そこから江戸まで、ぶらぶらと」

「はい。とても楽しゅうございました」

「時に、お付きの者から、わざとはぐれて困らせたりな……あの折、泰平の世を作ってくれた神君家康公に感謝しながら、その意志をふたりで共に継いでいくことを、強く誓い合ったのう。あの折はまさか、余が将軍になるとは思うてはおらず、宗春殿が尾張藩主になるとも……」

「はい。兄上の継友《つぐとも》が急逝するとは思うてもおりませなんだ」

「であろう。あの壮健な御仁が……」

吉宗は意味深長な言い草で、宗春を今一度睨むように目を向け、一枚の紙を出した。小姓が受け取って、宗春に届けた。それを見た宗春の顔色が青ざめた。

「──どうだ、宗春殿……そこには、陸奥伊達家、出羽米沢上杉家、加賀前田宰相家、備前池田少将家、土佐山内家、肥前鍋島侍従家、肥後細川中将家、薩摩島津家……錚々《そうそう》たる大藩の外様大名の連判状。尾張宗春公を将軍に担ぎ出すと連名血判しておる」

「！……」

「これだけの大藩が一斉に動けば、江戸もひとたまりもあるまい」

「ばかばかしい……」

「さよう。余もそう思うておる。この外様たちが余に反旗を翻すとは、到底、思えぬ。果たして、この連判状が本物かどうかも疑わしい。そこに記されている宗春殿の署名と花押は本物そっくりに似ておるが、違うな」

じっと見ていた宗春は、首を横に振りながら、

「違いまする。私がかようなものを書くわけがありませぬ」

「さもありなん……おぬしのが偽物ならば、他のも偽物に違いあるまい」

吉宗はじっと宗春を見据えて、

「ならば、かようなものが何故、必要であったか……多くの浪人たちを集めるに、〝謀反らしき〟ものを仕立て上げたのではあるまいか。そのため、宗春殿も利用された」

「――あやつ……」

「佐々木主水のことだな。その背後にいるのが誰か突き止め、〝謀反らしき〟ものを、おぬしの手で阻止して貰いたい」

「私が……」

「さよう。名前を貸しただけなのであろう？……その裏で、実際は何を為そうとしているのか、真の狙いは何かは余が調べる……この血判状は、大奥御中臈・瀬川の部屋にあったそうなのでな」

「せ、瀬川様の……!?」

「どうやら、やや子を孕《はら》んだらしいのだが、その相手は余ではなく……」

「余ではなく……」

「若年寄・松平佐渡守の子である疑いがある」

「そんなバカな……！」

「それこそ徳川家の一大事じゃ。のう、宗春殿……おぬしが余に忠誠を尽くしているのなら、その証を見せてくれぬか……手段はおぬしに任せる。徳川家の安泰のためじゃ。よいかな……？」

宗春は平伏せざるを得なかった。

――吉宗はすべてを承知の上で、ふたりだけで面談をしたに違いない。

と宗春は察したからこそ、不穏な動きがあって、自分は名義貸しをしただけだと、先に暴露したのだ。その上で、吉宗は危難を承知の上で、宗春に始末を頼んできた。

——恐るべし、吉宗……。

そう思うと、宗春も覚悟を決めたのだった。

下城してすぐ、宗春は自ら側近とともに、『錬武館』を訪ねた。丸に三つ葉葵の駕籠《かご》が到着したとき、佐々木主水は驚愕を隠せなかった。事が終わるまで、二度と会うことはないと誓っていたからである。

「御前……如何なさいましたか……」

駕籠から下りないまま、宗春は佐々木に声をかけた。

「今日の寛永寺での件だがな……手筈《てはず》どおりにするがよい。狙いは本堂のみ。書院番の役人が手引きするゆえ、弁天島のある方の裏門から突入する。そして、本堂の中に乗り込め。よいな、ぬかるなよ」

静かな声で、そう言うと、駕籠の扉を閉めた。

その日——上野寛永寺では予定通り、東叡山開山忌は執り行われた。周辺の通りは元より境内でも、武具を備えた番方役人が何百人も警護に当たっていた。

物々しい中を、家重と宗武をそれぞれ乗せた三つ葉葵の駕籠が担ぎ込まれ、本堂の前に来ると、ふたりは降り立って本堂に入った。

なぜか、天英院と付き添いの御年寄は、欠席とのことだった。

法要は半刻程のことであるが、本堂の周辺は、謀反の予兆があったからこそ余計に重々しく守られていた。

外からは見えないように障子戸は閉じられ、僧正たちの読経と奉納の儀式などが、恙《つつが》なく終わった。家重と宗武は、住職らに案内されるがままに、庫裏の方へ移動した。

すると、激しい掛け声とともに、突如、現れた五十人ばかりの浪人の集団が、障子戸を開けて本堂に乗り込んできた。わずか一歩違いで、庫裏へ姿を消したふたりを追いかけようとすると、その前に槍を構えた番方が現れて立ちはだかった。浪人の倍の数はいる。

後ろへ逃れようとすると、境内から鉄砲隊が現れて、浪人たちに狙いを定めた。その数も数十人いた。さらに、本尊の裏からも、数十人の番方たちがすでに抜刀して取り囲んだ。

佐々木を中心とした浪人軍団は、一瞬にして本堂に閉じこめられたのだ。本尊の薬師如来は静かに、その状況を見下ろしている。

「――ど、どういうことだ……!?」

狼狽《ろうばい》した佐々木の姿に、従ってきた浪人たちも腰が引け始めた。

すると、そこに宗春自身が庫裏の方から現れて、

「尾張柳生の恥さらしが」

と責め立てた。

「御前……一体、これは、どういう……」

「恐れ多くも、かような大事な式日に、徒党を組んでの乱暴狼藉。しかも、上様の継嗣ならびに次男を狙いしは、徳川御三家筆頭として、断じて許すわけにはいかぬ」

「何をバカな……と、殿……」

「おまえに殿と呼ばれる筋合いはない。大人しく縛《ばく》につくか。あくまでも逆らうというならば、この本堂を血に染めて構わぬと、神君家康公もお許しになられよう」

宗春が険しい顔で迫ると、佐々木はぽつりと、

「——罠に嵌《は》めましたな……」

と呟いた。

「さあ、大人しく縛につけ。それほどまでして、若年寄の松平佐渡守に義理立て

せねばならぬのか。その理由はなんだ」

「えっ……」

「おまえを裏で操っていたのは、松平佐渡守であろう。違うか」

番方たちが鉄砲や槍を向けている中、宗春はさらに一歩、進み出て、

「哀れよのう。おまえたちも佐渡守に利用されていたということか……もし、家重様と宗武様を討ったとしたら、おまえたちは即刻、この場で殺されていたであろう」

「……」

「それで、得するのは、佐渡守と瀬川だけだ、御中臈のな」

「ええ……どういうことだ」

困惑する佐々木は、刀を掲げたまま、

「俺たちは、浪人を大量に生み出した吉宗公に反旗を翻したのだ。質素倹約ばかりを訴え、結局、下級武士は役職を奪われ、浪々の身にならざるを得なかった……だが、松平佐渡守様は違う。俺たちを必ず救う。幕臣に取り立てると約束をしてくれたのだ」

「それで、諸侯の血判状を信じたか」

「!?――」

「あれも、みな出鱈目じゃ。佐渡守が仕立てたことだ」

「で、でも……殿は名前だけは貸すと、おっしゃったではありませぬか。いえ、ここに攻めろと、今朝、話しましたよね！」

「知らぬ」

「そ、そんな……裏切るのですか」

「裏切る？　俺はおまえと何も約束などしてはおらぬ。いや……おまえとなど、会《お》うたこともないわ、下郎」

「な、なんだとッ」

「もうひとつ……この寺に来た家重様と宗武様は影武者じゃ。儂の手の者、御土居下同心が扮しておった。どうせ、おまえたちは顔も知らぬからのう」

吐き捨てるように言った宗春に、カッと血が上った佐々木は裂帛《れっぱく》の叫びを上げながら斬りかかった。途端、槍部隊が数人、前に出て穂先で突き倒した。

浪人たちが暴れようとしたが、鉄砲部隊が威嚇で撃った。中には弾丸を浴びて、致命傷を負った者もいた。浪人たちも、自分たちはただ〝誰か〟の企てに利用されていただけで、新しい仕官の口などは嘘だと知った。すると、もはや逆らう者はおらず、その場に座り込んで項垂《うなだ》れた。

宗春は無言で、凄惨な場を眺めていたが、わずかに微笑みを洩らした。

――佐々木を殺す。

という宗春の目的だけは達成できたからだ。

番方がどんどんと本堂に集まってきて、ほんの少し前までの厳かな儀式が嘘のように、騒然となっていた。

七

荒縄で宙づりにされた襦袢姿の桃香は、激しく笞《むち》で打ちつけられていた。すでに肌には赤いみみず腫れが広がっており、髪は乱れていた。それでも唇を噛みしめて、自分がなぜ大奥に忍び込んだかは、決して話さなかった。

気丈な桃香の顎を掴んで、瀬川は声を張り上げた。

「忌々しい。強情な女だ。その性根は誉めてつかわす。だがな、大奥で死んだとしても、決して外には洩れぬぞ。犬猫のように、埋められるか、井戸に沈められて終わりじゃ」

江戸城の下水は濠に流れ落ちるようになっている。土左衛門となって浮くのが落ちだと脅しているのだ。

瀬川に折檻を命じられた女中たちも、恐々としていた。ここまでするると、後で御年寄に咎められるのではないかと案じている。しまいには、竹刀打ちや水責めも加える。折檻をする方も、帯の懐剣袋の房紐が切れ、文庫結びの垂れが解けるほどであった。

「これ！　正直に申さぬか。素性を言えば楽になるのだぞ」

瀬川がさらに責めると、桃香は必死に抗いながらも、

「——佐渡守の子を孕んでいるではないですか……それを上様の子などと……」

「黙りゃ。おまえとは、関わりないわ」

「上様を……亡き者にしようとしたのですね……善右衛門さんが証言しますよ」

「誰じゃ、それは。おまえは朦朧《もうろう》としておるな。それ、水を掛けよ！」

大声で瀬川が部屋子らに命じたときである。

廊下から次の間に、黒色紋付き縮緬《ちりめん》の打掛姿の老女が入ってきた。六代将軍・徳川家宣の正室、天英院である。近衛《このえ》家出身で、母は後水尾《ごみずのお》天皇の娘だけのことはある。厳かで気品のある姿に、奥女中たちは一斉に控えて、ひれ伏した。

「先刻、上野寛永寺にて、謀反が起こったぞえ」

唐突な話に、奥女中たちは一様に吃驚したが、瀬川だけは冷静に聞いていた。

「驚かぬのか、瀬川」

天英院に同行してきた御年寄の船橋が、声をかけた。

「家重様も宗武様もご無事であらせられる。首謀者の佐々木某は討たれたが、残余の者から、松平佐渡守と瀬川、おまえたちふたりの名が出てます。覚悟しなさい」

「何のことでしょうか。私のお腹には上様の子がおります。たとえ天英院様であっても、御年寄でも無礼でございましょう」

瀬川は必死に言い繕おうとしたが、天英院がピシャリと言った。

「その上様が、余の子ではないと申しておいでじゃ」

御年寄付きの女中たちが、吊された桃香を助け始めた。桃香はようやく救われたように、安堵の笑みを零《こぼ》したまま気を失った。

数日後――。

江戸城辰之口《たつのくち》にある評定所《ひょうじょうしょ》では、大目付、目付、寺社奉行、勘定奉行、町奉行の〝五手掛かり〟による裁判が執り行われた。松平佐渡守と瀬川が結託して、将軍家を乗っ取ろうとした画策についてである。

進行役の南町奉行・大岡越前が、事前に調べたことを他の評定衆たちに報せ、丁度、大目付らに囲まれるような形で下座にいる、松平佐渡守と瀬川に問いかけた。

「佐渡守様……ご貴殿は、そこな御中臈瀬川殿と組んで行った様々な悪事、すべてお認めになりますな」

「無礼者。儂は、評定所に臨席せよとの命令が閣議であったから来たまでじゃ。咎人扱いされるならば、退室する」

怒りを露《あら》わにした佐渡守は、大岡のことを〝不浄役人〟めが偉そうにするなと悪し様に言った。町人の罪人を扱うから、不浄役人と蔑んでいるのだが、大岡ははっきりと言い返した。

「罪人に身分は関わりありませぬ。若年寄であろうと、町人であろうと、悪いことをすればお咎めを受けねばなりませぬ」

「黙れ、大岡……」

不愉快に怒鳴りかけると、大目付の秋月丹波守《あきづきたんばのかみ》が「評定所ゆえ、その規範に従いなさい」と命じた上で、持論を展開した。

「身共がかねてより調べていたのは、今般の謀反のことではなく、朝鮮人参のことです。松江藩の支藩である広瀬藩、貴殿の藩にて栽培をしており、それを江戸に流していた程度のことならば、大目に見ておったが……どうやら、対馬藩を経て流れている朝鮮人参までを強奪して、売り捌いていたのはこれ、押し込みと同じでござる」

「な、何を証拠に、そのような……」

「薬種問屋『錦華堂』の主人、善右衛門に罪を押しつけた上、火付盗賊改方の片倉半兵衛《はんべえ》に命じて、罪人に仕立てようとした。だが、善右衛門の義父、源助が救おうとして、事が少し明らかになった」

「そんな元盗っ人の話なんぞ、秋月殿は信じるのかな」

「ほう……源助が元盗賊だというのを、誰から、お聞きになったのですかな。片倉が報せておりましたか」

「……」

佐渡守は黙ったまま横を向いた。

「長崎や大坂では、すでに対馬藩の船を襲った海賊衆が捕まっております。只今、江戸に送られてきておるところですが、佐渡守様……あなたに頼まれたと白状しているとか」

「知らぬ……」

「取り分は、佐渡守様が九で、海賊衆は一。それでも、千両は下らぬというから、佐渡守様は一万両近く実入りがあったことになる。これを江戸で捌けば、さらに二倍、三倍で売れるから、懐は膨らむ一方でしたな」

「いや……」

「言い訳は無用ですぞ。佐渡守様に頼まれて、あちこちで売っていた別の薬種問屋や薬売りも何人かは捕らえております」

秋月は淡々とではあるが、本質に迫ってきた。

「朝鮮人参で儲けた金で、自分や瀬川殿が贅沢にも使《つこ》うたでしょうが、目的は食い詰め浪人たちを集めるため。謀反を起こさせるための資金だったわけですな」

しだいに緊張してきた佐渡守は、乱暴な声で「知らぬ存ぜぬ」を繰り返したが、評定衆は静かに見ていた。さらに怒鳴ろうとするのを、大岡が制して続けた。

「事実――寛永寺では、あなたの支配下にあった尾張柳生の佐々木主水が、上様のご子息たちを襲った。あなたに命じられたことだと、残った浪人たちは認めております。しかも、この佐々木は、火付盗賊改方の片倉まで斬り殺しています、浪人たちの目の前で」

「……」

「それほど、あなたの力が及んでいたということでしょう」

「待て、待て……」

佐渡守は両手を挙げて、違うと断じた。

「何のために儂が、さようなことをせねばならぬのだ。佐々木も片倉も死んでおるのだから、儂が命じたという証言ですら取れぬではないか。であろう」

すると、大岡が頷いて、証人をひとり招いていると言って、控えの間に声をかけた。襖が開いて出てきたのは、裃姿で若衆髷の桃太郎君であった。

――また、おまえか。

という顔で、佐渡守は見やった。いつぞや、悪事を暴いてやると豪語した若造であることを、ハッキリと覚えていたからだ。

「この者が何か……」

「讃岐綾歌藩は、この評定所の場にてのみで秘密に願いたいが、かつては将軍家が直々に〝深川目付〟として、隠密を請け負っていた家柄である。ご存じのように、深川には御三家や幕閣を務める大名、大身の旗本の別邸が多いため、必要とされた役職でした」

「……それが、何か」

「此度も、〝深川目付〟としての働きをしたということです」

大岡に誘われるように、一同の前に出ると、会釈をしてから、佐渡守と瀬川に向き直った。深く息を吸い込んでから、

「正直に申し上げます。我が屋敷には、善右衛門の妻になったばかりの小春を預かっております。その者からも、朝鮮人参の作付けなどについては、十分、聞きました。そもそもが、この夫婦の不幸でありましたが、ようやく、本当の悪党を捕まえることができ、安堵しております」

「何を言うておるのだ」

佐渡守が苛々と言うと、桃太郎君は鋭い目を投げかけ、瀬川も睨んだ。

「芝居帰りに密会をする仲の佐渡守様と瀬川殿は、自分たちの子が男ならば、将軍に据えようと画策し、上様のふたりのお子を消そうとしました。その騒動を浪人たちに起こさせたことは明白であります」

「バカな。女が生まれたら、どうするのだ」

「そのときは……尾張宗春公を江戸に呼び寄せるつもりでした。でしょう、佐渡守様。大きな後ろ盾とは、尾張様のこと」

桃太郎君は淡々と続けた。

「されど、さすがに尾張様も分が悪いと思うたのでしょうか。すっかり引き籠もってしまいました。自分の名前は利用されただけだと、申しておりまして、それも上様はお認めになられたとか」

「……」

「つまり、佐渡守様は、尾張様を利用していたということです」

「黙れ、黙れ。おまえなんぞに何が分かる」

「分かります」

はっきりと桃太郎君は答えて、瀬川に目を向けた。

「御中臈瀬川の部屋には、大名の血判状がありました。それを桃香という部屋子が密かに上様に預けました。が、瀬川は桃香が奪ったと誤解をし、散々、痛めつけました……その血判状が表沙汰になっては困るからです」

「私にとばっちりか」

瀬川は頰を膨らませて睨みつけたが、桃太郎君は平気な態度で、

「執拗に責めましたよね、血判状は何処だと。あれが表沙汰になれば、佐渡守様はお終いだと。自分のことよりも、佐渡守様のことを案ずる女心に、心動かされたくらいです」

「桃香というのは、賊だったのです。大奥に忍び込んで、何かを物色していた。とんでもない悪党は、あの女だ」

「天英院様にも、正直に話しましたよ、桃香は」

「いい加減になさい。そんな賊が何の証拠になるというのです。出鱈目に決まってます。私は、賊を締め上げただけ！」

「本当のことです」

「まるで大奥で見たことのように話すが、出鱈目も大概になされよ」

瀬川は断固、白を切る。桃香のことなど知らぬ存ぜぬとまで言う。その気が昂《たか》ぶった瀬川に、大岡は声をかけた。

「ならば、もうひとり証人がおる。こちらへ参られよ……桃太郎君もご一緒に」

評定所役人や茶坊主が案内したが、控えの間には、誰もいなかった。瀬川が不思議そうな顔をしていると、

「私でございます」

と桃太郎君が袢を脱ぎ、着物もはだけると、下は朱襦袢で、その下の肌には——折檻によるみみず腫れが浮かび上がった。

それを凝視した瀬川は、

「えっ……ええ……まさか、そんな……!?」

「あなた様のことは、すべて見ておりましたよ……城内でも、佐渡守様を密かに部屋に招き入れていたのも」

「——嘘……嘘でしょう……」

驚愕の目で見ながら何やら呟いていたが、やがて悲鳴に変わった。

評定所では何事かと一同が腰を浮かせそうになったが、大岡が止めた。

その後、瀬川は佐渡守との関わりをすべて白状した。ふたりが逢瀬で語り合ったことも、何もかも評定所で話した。そもそも、佐渡守に勧められて大奥に入ったことも、上様に気に入られるように仕向けたのも、すべて佐渡守を若年寄にするためだったと話した。

女は覚悟を決めれば、強いのかもしれぬ。だが、佐渡守は証拠を差し出されても、知らぬ存ぜぬを決め込んだ。最後は、ぜんぶ悪女の瀬川が仕組んだことで、自分は利用されただけだと言い張った。

だが、評定所は一致で、佐渡守の非を認め、御家断絶で切腹となった。

その日のうちに——。

桃太郎君は、御座之間で吉宗に謁見した。

「大儀であった」

吉宗が素直に礼を言うと、

「私、これから大奥女中として、上様のお側に仕えてもよろしゅうございますことよ。御中臈を目指そうかしらん」

と桃太郎君は屈託なく笑った。

「おい、よせよせ。そんなことを言うのは」

吉宗はすっかり困ってしまうのだったが、桃太郎君、いや桃香としては意外と本気であった。吉宗を好きになりましたと、父親ほどの年の将軍をからかうのだった。

その後、『錦華堂』の疑いは解かれた。

善右衛門と小春は継ぎ、源助を供養しながら、本格的に朝鮮人参の正式な栽培も手がけるようになったという。

第三話　路上の露

一

「時に享保《きょうほう》の世の中は、生きるは地獄死ぬるも地獄。倹約倹約の世の中で、苦しんでるのは下々ばかり。天は晴れ晴れ、地面はぬかるみ。足を取られて億万歩。西方浄土へ旅立つも六文銭とてありゃしない。三途《さんず》の渡しでうろうろと、沈む瀬とてなかりけり……」

ぶつぶつと言いながら、夕暮れの永代寺《えいたいじ》境内で、うろうろと徘徊《はいかい》している男がいた。

年の頃は、不惑を過ぎたあたりであろうか。病気かと思えるほど痩せていて、膝が悪いのか歩く姿もぎこちない。時折、「ヤヤ!」とか「コリャ、コリャ!」と気勢を上げていた。

その前に、編笠の侍がふたり立った。気付かずに、ドンとぶつかった不惑の男

は、

「どこに目をつけやんでえ！」

と突然、怒声を上げた。

「なんだと……」

体軀の立派な編笠の侍は、胸で押し返すようにして、

「ぶつかってきたのは、そっちであろう」

「あ……こりゃ、相済みません……今のは、科白《せりふ》でして、へえ、講釈の演目の稽古をして覚えてたのでございます」

不惑の男は腰を屈《かが》めて、申し訳ないと深々と謝った。だが、編笠の侍は承服せず、

「科白とは思えなんだがな。わざとぶつかって、因縁を吹っかけたのであろう」

「へえ、丁度、そういう芝居場でした。もし、本当だと思われたのなら、私の演じ方も〝堂に升《のぼ》りて室に入らず〟ってとこでしょうか。お褒め下さり、ありがとうございます」

「からこうておるな」

編笠の侍は腰の刀に手をあてがい、鯉口を切った。途端、不惑の男は表情が変

わり、

「そうやって、威張り散らしている侍がいる限り、世の中は腐ってしまうんだ」

「なんだとッ。貴様、やはり、わざとぶつかったな。無礼は許さぬ。斬り捨て御免！」

と抜刀した編笠の侍は、いきなり斬りかかった。だが、不惑の男は素早く相手の懐の中に入り込み、脇を肘で跳ね上げるようにして投げ飛ばした。

したたか背中を打った編笠の侍は、うっと声を洩《も》らしたが、必死に立ち上がろうとした。その腹を踏みつけて、

「やいやい。そんなヘボ剣法で、斬り捨て御免とは片腹痛え。こっちが侍なら、その首が飛んでいたところだぜ。おととい来な」

と啖呵《たんか》を切った。

その時、その背後に、同じような編笠の侍が数人、現れた。気配を察して、不惑の男が振り返ると、

――バサッ。

脳天から刀を落とされた。かろうじて避けようとしたが、他の侍たちも、まるでなぶり殺しにするように斬り倒した。悲鳴を上げる間もなく絶命した。

その日のうちに、通りかかった坊主の報せで、伊藤洋三郎《いとうようざぶろう》が駆け付けてきた。近くに賑やかな参道があるとはいえ、夜になると鬱蒼として暗い。月夜でもなく、灯籠の灯り薄いので、煌々と篝火《かがりび》を焚いて検分が執り行われた。

「旦那、こりゃ酷過ぎやすぜ……」

岡っ引の猿吉《さるきち》が目を覆った。体が幾重にも切り刻まれており、石畳には血が流れている。顔は真っ青で、脳天が割られているので、人相が分からないくらいだった。それでも我慢をして、まじまじと見ていた猿吉はアッと目を輝かせた。

「この人は、もしかして……」

「なんだ。知ってるのか」

「講釈師の山椒亭唐松《さんしょうていからまつ》じゃありやせんか」

後の講談師のことで、講尺師とも記された。概《おおむ》ね、高座に設けられた釈台《しゃくだい》の前に座り、張《は》り扇《おうぎ》を叩きながら、ひとり口演をするのだ。主に軍記や政談など、歴史や政事を題材にした演目が多かった。

「山椒は辛いってか？　ふざけた名だな」

「知らねえんですか、旦那。今、江戸で指折りの講釈師で、浅草《あさくさ》や上野広小路《うえのひろこうじ》、両国橋《りょうごくばし》西詰めの小屋で、連日、大賑わいですぜ」

講釈師は、大道芸として辻講釈をするのが普通だったが、宝永《ほうえい》年間には幕府公許の小屋でも演じられるようになっていた。人形浄瑠璃や歌舞伎で定番の『忠臣蔵』や『太平記』なども演じていたが、山椒亭唐松は今様のお上批判に近いものや、人の生き方を探る教条めいたものが多かった。

「そんなに有名な講釈師なのか。俺は講釈ってのを聞いたことがない。そもそも、芝居だの何だの嘘が嫌いでな」

「嘘……そりゃ作り話ですがね、その中に、この世の真実や人間の心の機微が描かれてるんじゃないですか。人はそういうのを見聞きして、己を振り返り、まっとうな生き方に気付いたりするんです」

「それこそ講釈はいい」

伊藤は十手で猿吉を制して、

「身許が分かったんなら、とっとと身の回りを調べてきな。ここまでズタズタに斬られてるんだ。恨みがある者の仕業に違いあるまい」

「でしょうね。じゃ、あっしはすぐに」

「おい。住処も分かってるのか」

「へえ。すぐそこですよ。富岡八幡宮《とみおかはちまんぐう》の裏手にある〝そこつ長屋〟です。大家がおっちょこちょいで、店賃《たなちん》を取りはぐれてるので、そんな長屋名がついてやす」

「売れっ子の講釈師がなんで、あんな貧乏長屋に……」

「そりゃ決まってやすでしょ。この山椒亭唐松さんは、贅沢するために講釈をしてるんじゃやねえ。世のため人のためでやす」

「世のため人のため、ねえ」

「とかく、この世は正直者がバカを見て、弱い者ばかりが虐げられる。おかしな話じゃございやせんか」

「概ね、世の中とはそういうものだ」

「だからダメなんですよ、旦那は。門前仲町《もんぜんなかちょう》の紋三《もんぞう》親分を少し見習って下せえ」

言い捨てて駆け出した猿吉を見送り、伊藤は舌打ちをした。

「半人前のくせに、偉そうに」


翌日、いつものように書類に目を通していた桃太郎《ももたろう》君は、藩邸の中庭に広がる色づいた紅葉を見廻して、

――ああっ。退屈だなあ……。

と呟《つぶや》いて、深い溜息をついた。すると、すぐに廊下から、

「何をおっしゃいまするか、若君。やることはゴマンとあるではないですか」

と城之内左膳《じょうのうちさぜん》の声がした。

振り返った桃太郎君は明らかに不快な目になって、

「仮にも乙女の部屋を覗《のぞ》くとは何事……無礼にも程があります」

「乙女……？　ちと失礼」

城之内は素早く近づいて、額に手をあてがおうとしたが、桃太郎君はサッと払い、

「そうやって、すぐ触ろうとする。女を蔑むような態度はやめなさい。しかも、嫌らしい目つきは気持ち悪い」

「わ、若君……？」

「あ、いや。なんというか……あ、そうじゃ、久枝《ひさえ》がいつも申しておる。おまえは、じっと人を見る癖がある。あれは、やめろ」

誤魔化すように桃太郎君が言うと、俄《にわか》に城之内は顔を真っ赤にして、

「さようなことを久枝殿が……」

「ああ。寝所も覗いてたそうではないか」

「な、何をバカな。私はさようなことは一度だけしかありませぬ」

「……したのか？」

「いえ。苦しそうに悶《もだ》えていたから、引き付けでも起こしたのかと思って、様子を見に行っただけでございます」

桃太郎君の責める目つきに、城之内は信じて欲しいと何度も言った。

「ならば、しばらく部屋に来るでない。放っておいてくれ」

「しかし、それは……今年は国元も米の収穫が低く、江戸屋敷も含めて緊縮財政でございます。このままでは領民の負担も考えねばなりませぬ。されど、殿も若君も、領民の暮らしが困るようなことはしてはならぬと常々おっしゃっております。ですからして、これらの問題を解決せねばなりませぬので、どうしても若君のお考えを……」

「長い言い訳だのう、城之内。そもそも、かようなことは、おまえが中心となって、勘定方で検討することだ。しっかり吟味してから、余に届けよ。よいな」

桃太郎君は書類の山を持ち去れという仕草をした。仕方なく城之内は従うことにしたが、がっくりと肩を落として、

「情けなや、情けなや……だから、山椒亭唐松に、侍がコケにされるのです」

「なに……？」

「ご存じありませぬか、山椒亭唐松を……時折、両国橋西詰めの講釈小屋に立ち寄って、聞くことがあるのです」

「おまえが、か……」

「なかなか、いいものでございますなあ。私はどちらかというと、浄瑠璃の太夫《たゆう》の声の方が心地よいのですが、山椒亭唐松というのは、幕政や武家社会を皮肉っておりますから、腹の立つこともありますが、たしかに当たってることもあります」

「……」

「若君も名君になりたいのであれば、世情を知るために、講釈のひとつやふたつは聞いた方がよろしいのではありませぬか」

じっと見ていた桃太郎君は、嫌らしい目つきになって、

「おまえ、また久枝を尾《つ》けたな? 山椒亭唐松は、久枝の贔屓《ひいき》だ。むろん余も聞いたことがある……いや、ない……ないが、久枝から聞いたことがある」

「さいですか……しかし、もう二度と聞くことはできませぬ。久枝殿も今朝は泣いて泣いて、目が腫れておりますから、誰にも会いたくないなどと申して……悲しいことです」

「どういうことだ」

「昨晩、山椒亭唐松が何者かに殺されたのでございますよ」

「なんだと⁉　なんで、それを先に言わぬ。どういうことだ、えっ、どういうことだ、それは！　誰がやったのじゃ！」

急に立ち上がって狼狽《ろうばい》する桃太郎君を見て、城之内の方が驚くのであった。

二

山椒亭唐松の亡骸《なきがら》が長屋に帰ってきたのは、藪坂清堂《やぶさかせいどう》の検屍が終わってからのことだった。斬殺による大量の失血死で、見るも無惨な姿だったから、長屋の住人たちには言葉もなかった。

妻子はおらず、長屋に流れ着くように暮らし始めたのは、かれこれ五年程前になる。長屋の者たちは、どこでどう生きてきたか素性は知らなかったが、諸国を遍歴してきた変わり者だとは思っていた。江戸には結構、この手の人間は多かった。

見かけは侍のように背筋を伸ばし、物言いも堂々としていた。初めは霞《かすみ》を食って生きているように思えたが、講釈師としてメキメキと売れ出した頃も、特に威張るでもなく、いつものように淡々と貧乏暮らしに甘んじていた。

——講釈師ってのは、世間の為になることを、面白くお話しする。

というのが務めだから、名誉や金には頓着しないという姿勢だった。かといって、特に長屋の者たちと一緒になって、バカ騒ぎをするという感じではない。酒もあまり飲まず、むしろ人々の様子を、静かに見守っているという態度であった。

長屋の人々も、山椒亭唐松がそこにいるだけで、安心できるような存在だった。

それが、こんな残酷な目に遭うとは、誰にも信じられないことだった。

「ほんとうに酷いや……誰でえ、こんなことをしやがったのは」

「早く下手人をとっ捕まえて、死罪にしてやりてえ」

「そうだそうだ。いつも、いい話ばかりしてくれてた。俺たちのような者が、生きる糧にもなってた」

「唐松さんが言ってたように、まっとうな人間ばかりが酷え目に遭う世の中だ。お上は、何をしてるんでえ」

怒りと悲しみが入り混じって、長屋の住人たちは悲嘆に暮れていた。

そんな所に——。

猿吉に案内されて、桃香《ももか》が駆け付けて来た。綺麗に着飾った町娘が現れて、職人だらけの長屋の住人は意外な目で見ていた。まさに掃き溜めに鶴のような一幕だった。

「——もしかして、唐松さんの娘さんかい……？」

長屋の住人のひとりが訊いた。

「いえね。唐松さんは自分のことは、ほとんど話さなかったけど、一度だけ、女房には先立たれて、残された娘がひとりだけいるような話をしてたから」

「いいえ。私は、門前仲町の呉服問屋『雉屋《きじや》』の姪です」

桃香は簡単に挨拶をした。

「ああ、福兵衛《ふくべえ》さんの……お転婆とは聞いたことがあるけど、あ、すみません。唐松さんとは、どんな仲で？」

「ただの客ですけれどね。いつも感心して聞いていたんです。だから、時々、ネタも差し上げてました」

「ネタを……」

「あ、いいえ、そんな大袈裟なものじゃないんですけど……でも、私としては、なぜ殺されたのか、それが気になって……」

瞑目《めいもく》してから、気丈に亡骸を隈無く見ている桃香の姿が、長屋の住人たちは不思議そうであった。

本所見廻り方だけでは手に負えないので、伊藤洋三郎は南町奉行所の定町廻《じょうまちまわ》りにも届け出た。すぐに探索をしているが、下手人のことはまださっぱり見当がつかない。なぜ殺されたのかも不明だ。

桃香はさっそく猿吉をして、山椒亭唐松がネタにした者を探させようとした。

「私の考えだけどね……これは、お上の手によって殺されたに違いないと思うの」

「え、そうなんで？」

「だって、山椒亭唐松はいつも、老中や若年寄の不行跡や、大奥の醜聞とか豪商の悪辣なやり口などを、〝実話〟をもとにして、小屋に限らず、色々な場所で辻講釈をしてたからこそ、人気があった」

「でやすねえ」

「実名こそ明かさなかったけれど、聞けば、なるほどと思える人の名が浮かんできて、誰を揶揄《やゆ》しているかよく分かる。自分でも、〝浮き世の寺子屋〟って称して、今、起こっていることを伝えてたから、恨みに思ってる偉い人も多いと思うの」

　人を集めて話を聞かせることで、瓦版に書かれるような世相を、芝居がかって伝えるから、子供にでも分かるのだ。

　しかし、時に度を越えてしまうこともある。嘘か本当か不明なために、世間に誤解をされるから、怒り心頭に発して、逆恨みする者も出てくる。

「なるほど……あることないこと、暴露された武家とか豪商とかが、唐松を殺したかもしれねえってんですね。ガッテンでえ」

　猿吉は、山椒亭唐松の講釈に登場する人物を当たってみる。出世したさに賄賂《まいない》を送った者、逆に送られた者、ご禁制の品を密かに売買した者、女をさらって売春させた非道な人間、騙《かた》りばかりを繰り返している悪党など、様々な醜聞を暴露された人に、直に当たってみた。

　だが、唐松を殺したと正直に言う者などいるわけがないし、誰かを雇ってる節もない。しかし、十手を突きつけて脅しをかますことで、思わぬボロが出ることも多い。猿吉は、紋三から学んだとおり、丁寧に調べた。

　一方、桃香が気になっていたのは、唐松が殺される直前に講釈していた内容であった。かなり切実に語っていたからである。両国橋西詰めの小屋で、久枝と一

緒に観たものだった。その一節に、

——森の奥の田んぼに、万年も住む亀の妖怪がいたという。その妖怪は、可哀想で弱い百姓から、しこたま貢ぎ物を取り上げていたというから、恐ろしいことではないか。

——百姓には米どころか、麦や粟稗《あわひえ》すらない貧しさ。それでも、妖怪は無理矢理、農民が隠していた根菜まで奪い取った。そのため、農民たちは一揆を起こし、妖怪屋敷を森ごと燃やしてしまった。

——すると、妖怪は、農民たちを皆殺しにして食べてしまった。ところが、その後すぐ、妖怪は、その国のお殿様に成敗された。そして、奥の田までぜんぶ、お殿様は自分の領地にしてしまった。

——しかし、妖怪退治の裏には意外な悪党がいた……続きは、また明晩。

そんな講釈をした後に、唐松は殺されたのだ。その続きは誰も聞いていない。

つまり、聞かせたくない何者かが、殺したのではないかと、桃香は推察したのだ。

もっとも証拠があるわけではなく、ただの想像に過ぎないが、藩邸に戻った桃太郎君が、さりげなく城之内に話すと、

「ああ。その講釈なら、拙者も聞きました」

と言った。

城之内も浄瑠璃や講釈が好きで、下手な浄瑠璃を家臣の者に聞かせて、耳を腐らせていたのは、桃太郎君も承知している。

「おや。仕事もせずに、いつの間に？」

「それはまあ、いいではないですか……拙者の考えでは、もしかしたら……越後《えちご》村松《むらまつ》藩の藩主、奥田甲斐守盛憶《おくだかいのかみもりおく》を指しているのではないかと思います」

「越後村松藩……」

村松藩は寛永《かんえい》年間に、堀直時《ほりなおとき》が始めた藩である。父親の堀直寄《ほりなおより》は、秀吉や家康に仕えた名将であり、越後長岡《ながおか》藩主や越後村上《むらかみ》藩主を務めた名君である。

堀直時自身も頑張って新田開発をし、実質四万石まで増やしたが、なにしろ山ばかりの領地だから米作には限界があり、二代目三代目となるに従い財政難となった。〝藩政改革〟とか〝財政再建〟という名のもと、百姓からの激しい収奪を行ったために、村松藩全土で百姓一揆が繰り返し起こっていた。

城之内は粗方のことを説明してから、

「森の奥の田んぼは、奥田家のこと……これは、堀家の別名で、右京亮《うきょうのすけ》を名乗った頃から、奥田も使ってます」

奥の田は奥田、森の奥は盛憶、亀の妖怪は甲斐守を指していると、城之内は言う。亀は堀家の〝亀甲に花菱〟という家紋を表しているに違いないと付け足した。

「堀家は名門で、越後長岡と越後村上の藩祖として入封してました。その後、長岡藩は牧野《まきの》家が代々、引き継いだ一方で、村上藩の方は、松平《まつだいら》、榊原《さかきばら》、本多《ほんだ》と姫路《ひめじ》との交替転封が続きました」

「そうであったか……」

「ご存じのとおり、長岡藩十万石は今、牧野忠寿《ただかず》様が藩主ですが、先代の忠辰《ただとき》様は若くして藩主になってから、四十八年もの間、家綱《いえつな》公から吉宗《よしむね》公まで五代の治世にわたって、新田開発や殖産興業はもとより社会事業を行ってきました」

「うむ。まさに名君だな」

「そして、村上藩五万石の方も、高根金山を擁しており、安定した藩政を行なっており、吉宗公の治世になって、例の側用人・間部詮房《まなべあきふさ》を封じたりしましたが、今は、河内《かわち》・摂津《せっつ》領主で大坂城代を務めた内藤《ないとう》家が入っております……いずれも、堀直寄様の礎石があったからこそです。が、肝心の堀家の方は、貧しい村松藩で汲々としているわけです」

「そうなのか……」

「ですから、堀家としては名門でありながら、代々、貧乏籤《くじ》を引かされていると思ってきた節があります」

「下らぬな。そんなことを言ったら、綾歌《あやうた》藩なんぞ救われぬではないか」

桃太郎君が言うと、城之内も現状を鑑みて溜息をついた。

「とにかく、山椒亭唐松が講釈にして語っていたのは、この越後村松藩のことではないかと思いまする」

「そこまで断じる理由はなんだ」

「実は、これまでも、村松藩では幾つもの一揆があったらしいのです。一揆を沈めるのは、藩主の務めですから、幕府からもきちんと始末しろと通達がいっていたはずです」

「うむ……」

「ところが、一向に鎮静しないどころか、あろうことか、村松藩の庄屋たちが江戸まで乗り込んできて、老中に直訴したことがありました。ええ、駕籠訴《かごそ》です」

関八州の農民たちが、郡代や代官の悪行を訴えに江戸まで出てくることは、よくあった。その際は、公事宿《くじやど》などに逗留し、現状を幕府に申し出て、代官の横暴を止めるように陳情するのである。

同様に、諸藩の百姓が、老中や大目付に訴え出ることはあった。しかし、それは成敗されることを覚悟の上での行動であった。命懸けの駕籠訴に及ぶのはよほどのことで、それは苛斂誅求《かれんちゅうきゅう》を行っている藩主を〝告発〟するに等しかった。

「いわば、領民によって藩主は大恥をかかされることになるわけですから、仕返しも覚悟をしなければなりませぬ」

「仕返しがされたのか」

「直訴の動きを感じたのか、藩主の老中や若年寄たちに、賄賂を送ったとも言われています。領内で一揆が起こったことで責めるのは、見逃してくれと」

「一揆か……我が藩でも、その予兆はないのか」

讃岐《さぬき》は雨が少なく、水不足によって、米の不作が続くこともあった。ゆえに百姓の暮らしは苦しくなり、定免《じょうめん》制は取ってないため、年貢自体も減る。飢饉は深刻な問題だった。

「他藩のこととはいえ、気になるな……しかも、もし山椒亭唐松が揶揄しようとしたように、領主の奥田甲斐守が領民を皆殺しにして、その領主を〝お殿様〟が成敗したとしたら……このお殿様は将軍を指していることになる」

「そして、将軍が領地を自分のものにした……となれば、続きを聞きたいものですな」

城之内が不安げに唸《うな》ると、桃太郎君も我が身に置き換えて真剣なまなざしにな
った。

「おや……？」

苦笑を浮かべて、城之内はまじまじと桃太郎君の顔を見た。

「なんだ……何かついておるのか」

「いえいえ。若君らしくないなあと思いましてな。お国のことを案ずるなどと」

ふざけた口調で言う城之内を、ギラリと睨《にら》みつけて、

「人が真面目に憂慮していることを、茶化す者は性格が悪い。私は嫌いだ」

と桃太郎君は強く言った。

「あ、これは拙者としたことが……」

思わず頭を下げる城之内であったが、伏せた顔は苦笑のままだった。

三

越後から三国峠《みくにとうげ》を越え、三国街道から中山道《なかせんどう》、そして荒川《あらかわ》を船を使って江戸に

来るには、早くて数日、長ければ十日もかかった。

急ぎの長旅だったのか、疲れ切った百姓の姿が、板橋宿《いたばししゅく》の外れの木賃宿にあった。縁切榎《えんきりえのき》という、街道を覆うような大木が近くにあり、江戸の目前という目印でもあった。

もうとっぷり日が暮れていた。

木賃宿には、総勢十人ばかりいた。いずれも、ろくに食べてないのか、ガリガリに痩せた百姓衆だった。だが誰もみな、その目はギラギラと輝いており、強い意志が張《みなぎ》っていた。

中年の庄屋らしい男を中心に、集まったばかりの百姓たちは、井戸水を飲んでから、すぐに話し合いを始めた。

「すでに権吉《ごんきち》ら三人は、浅草門外にあるという公事宿に泊まってる。決行は、明後日の朝。御老中の本多但馬守《たじまのかみ》様に、直訴をする。もちろん、万が一にも拒まれたときは、殺されるのを覚悟で襲いかかる。いいな」

庄屋の忠兵衛《ちゅうべえ》が発破をかけると、他の者たちは当然のように頷いた。

「だが、どうする……これまで何人もの仲間が殺されてしまった……残った俺たちだけで、果たせると思うのか、みんな」

百姓の若いひとりが不安げな顔で訊いた。一同は、今更何を言い出すのだとばかりに、鋭い目を向けたが、忠兵衛は言葉つきは穏やかだが、信念を持って言った。

「ならば、国に帰るか？　帰ったところで何がある。飢え死にが待っているだけだ。女たちはろくに乳も出ず、子供や赤ん坊も骨から筋右衛門だ。お殿様は口先だけで、何もしない。いや、何もしないどころか、幕府のお偉方に媚びを売って、自分がやってる苛斂誅求をないことにしている」

「たしかに戻るも地獄だが、行くも地獄だ。自分の殿様でも話を聞かねえのに、幕府のお偉方が聞く耳を持つわけがねえ」

「かもしれねえ。けどな、三平《さんぺい》……俺たちが華々しく散ることで、世間の風向きが変わるかもしれねえんだ」

「風向き……」

「ああ。殿様や代官らに虐げられてる百姓は、世の中に大勢いる。村松藩みてえな小さい所の一揆じゃ、誰も目にも止めねえが、江戸で大騒ぎを起こして、俺たちの訴えが知れ渡れば、諸国のあちこちで、百姓たちが一斉に立ち上がるかもしれねえ」

「そんなに上手く事が運ぶだろうか」

「やる前に心配しても仕方がねえ。俺たちはもう屍同然なんだ。俺たちの命と引き換えに、世の中の百姓が何十万、いや何百万もが立ち上がれば、幕府のお偉方さんは必ず、うちの殿様の非道も裁いてくれるに違いねえ」

熱弁を振るう忠兵衛を、一同は頷いて聞いていたが、三平だけは釈然としない顔で俯《うつむ》いた。気弱そうではない。むしろ、血気盛んな若者だが、どこか理不尽な気がしているのであろう。

「――三平……」

若衆頭の泰蔵《たいぞう》が声をかけた。

「おまえ、いくつになった……うちの村じゃ、十四で元服だ」

百姓だが武家の慣《なら》わしのように〝元服〟と言っていたが、子供から大人になるという儀式のことである。泰蔵は当然、三平の年を知って訊いた。

「もう十六になっただろ。てことは、立派な若衆だ。若衆は自分の村を守らねばなんねえ。それができねえ奴は村八分だ」

「……」

「村八分になった者は、どこの村でも相手にしてくれねえ。相手にされねえから、ヤクザ者になるしかねえ。おまえ、それでいいのか。てめえの親兄弟や惚れた女のために、命を懸けねば男じゃねえぞ」

泰蔵の言葉に、他の者たちも後押しするように「そうだ、そうだ」と同意した。

その時、ガタガタッと階下で音がした。百姓たちはみな、手にしていた道中差しを手にした。

百姓は刀も鉄砲も持っている。〝刀狩り〟は身分制度をはっきりさせるためのもので、武器を取り上げることだけが目的ではなかった。ただし、携行してはならない。旅に出るときは、一定の長さより短い脇差しに限られた。

「宿場役人かもしれねえ。俺たちの動きに気付いて、乗り込んで来たのかも」

「そういや、昼間も役人がうろうろしていたしな」

「気を引き締めろ」

泰蔵が襖《ふすま》を開いて廊下に出て、階下を見た。

そこには、ひとりの娘がいた。薄暗くて顔がよく見えないが、むさ苦しい男たちばかりの中にあって、娘の匂いが芳《かぐわ》しいのであろうか。目を丸くする男もいた。

「——誰でえ……」

急な階段の下に向かって声をかけた泰蔵にも、緊張が広がった。握りしめる脇差しを少し抜いて身構えた。

「ここにいらっしゃるのは、山椒亭唐松さんのお仲間ですね」

鈴が鳴るような声がした。目を凝らすと、一階の土間にいたのは——町娘姿の桃香であった。上目遣いの、慈悲深い顔である。

「山椒亭唐松……って、おまえはなんだ」

「まだご存じないのですね。山椒亭唐松さんは亡くなりました」

「ええ!?」

桃香の話が聞こえたのか、他の百姓たちも思わず驚きの声を洩らした。

「下手人が誰かは分かりませんが、町方の調べでは、何人かのお侍に、なぶり殺しにされたとのことです。一昨日のことです」

「——あんた、町奉行所のものか」

「私は……門前仲町にある呉服問屋『雉屋』の姪っ子、桃香という者です」

「そんな奴が、なぜ……」

「私は、山椒亭唐松さんに懇意にしてもらってましして、今回の事件について、お話をしに来ました。上がっても、よろしいですか」

泰蔵は階下まで行き、外に誰かいないか見廻した。警戒をしながらも、桃香の

素直そうな顔だちを見て、

「下手な動きをしやがると、ブスリと行くぜ」

脅しながら二階に連れて上がった。

狭い木賃宿の一室に居並ぶ百姓たちの姿を見て、桃香は涙が溢れそうになった。あまりにも貧しそうなので同情をしたのだが、百姓たちにとっては、自尊心が傷つけられたのか、逆に腹が立ったようだった。

「なんだ、その憐《あわ》れむような目は……大店の娘かなんか知らねえが、おまえも同じだ。苦労もせず、楽して暮らしてる輩《やから》だ」

今の今まで、直訴に二の足を踏んでいた三平が声を荒らげた。

「よさねえか、三平……」

制した泰蔵は、桃香に詳細を尋ねた。山椒亭唐松の亡骸を、〝そこつ長屋〟で拝んだ後、部屋に残されていた講釈本を読み解いているうちに、村松藩の百姓衆がこの木賃宿に集まることに気付いたという。

「俺たちのことを、どうして……」

「私が最後に聞いた講釈では、村松藩の藩主・奥田甲斐守が領民に対して苛斂誅求を繰り返した上に、幕閣に賄賂をばらまき、自分にはお咎めが来ないようにした……ってことが分かりました」

そこまで詳しく知っていることに、泰蔵たちは逆に怪しんだ。公儀の犬ではないかと疑ったのだ。だが、桃香は山椒亭唐松には、色々な町ネタも教えていた仲だということを伝えて、さらに話を進めた。

「山椒亭唐松さんは、その続きを語ることになってました。でも、それが叶わずに亡くなってしまいました」

「……」

「その続きというのは、今月、子《ね》の月の寅《とら》の日……つまり、明日、老中に直訴するということです。老中は四人おります。その中で、藩主が賄賂を渡していない、本多但馬守へ駕籠をしようとしていることが分かりました」

「分かったって……残された講釈本から分かったってのかい」

やはり怪しげに思ったのか、泰蔵は慎重な物言いで訊いた。

「はい。〝縁切榎別れの場〟というのがあって、そこに集った百姓たちは、冥途の旅を誓って別れ杯《さかずき》を交わし、無事本懐を遂げるために江戸入りする——という場面です。〝縁切榎〟といえば板橋宿しかありませんし、越後から来るならここだと……」

「それで、この木賃宿が分かったのか……」

泰蔵は妙に感心しながら聞いていたが、桃香が来た目的が分からなかった。

「止めるためです。山椒亭唐松さんの講談のように、うまく老中に伝わることはありません。ええ、たとえ藩主から賄賂を貰ってない本多但馬守であってもです」

「なぜ、そんなことが言い切れる」

「本多但馬守は、裏表があって、信じることのできない老中であることは、幕府内でもよく知られているからです」

「なんで、あんたがそんなことを……」

「伯父《おじ》様は公儀御用達の商人ですから、案外とその手の事情に通じてるんです」

納得できたわけではないが、泰蔵は信じるしかないと思った。わざわざ江戸から訪ねて来て、被害に遭わないよう止めようとしているからである。

桃香は不思議そうに百姓を見廻しながら、

「でも、ひとつだけ残された講釈本と違うところがあります」

と言った。

「山椒亭唐松さんのものには、〝縁切榎〟に集まったのは、ひとりのお姫様を守るためだった……とあるのですが、お姫様がいないなあ、と思ってたのです」

「……」

「もっとも、講釈は嘘を織り交ぜてますからね、お姫様はいらっしゃらないのは、当たり前かもしれませんが」

期待外れだったかのように桃香が話したとき、音もなく襖が開いて、隣室からひとりの女が出てきた。

一応、島田髷《しまだまげ》に花柄の着物は着ているものの、どう見ても落ち延びている姫君にしか映らなかった。いや、顔だちは美しいが、すでに年増の域に達しており、物腰も落ち着いている。

「——お清《せい》さん……」

泰蔵は思わず庇《かば》うように立ち上がった。百姓たちも平伏した。

「いいのです、泰蔵……」

お清と呼ばれた年増は、険しい顔のまま桃香を見て、

「聞いておりました。何が狙いか分かりませぬが、余所《よそ》の家のことに口出しは無用でございます。お引き取り下さいませ」

と丁寧に言った。

おそらく武家の出であろうことは、桃香にはすぐに分かった。

「山椒亭唐松のことを報せてくれて、感謝しております。でも、唐松も覚悟の上のことでしょうから、悔いはないと思います。後は残された私たち次第です」

並々ならぬお清の決然とした態度に、桃香も身が引き締まった。

「あなた様は、もしや……」

桃香は探るような目になって訊いた。

「もしや、山椒亭唐松さん……つまり、大島冬馬《おおしまとうま》さんの妹さんでは？」

その瞬間、忠兵衛をはじめ、一同に緊張が走った。

四

忠兵衛や泰蔵たち百姓は、桃香のことを警戒する目つきになって見ていた。山椒亭唐松の本名まで知っているとは、やはり只者ではないと思ったからである。

だが、桃香は簡単なことだと言った。

村松藩から脱藩した藩士は何人かいて、これまでも直訴に及んで、処刑されている。直訴はまさに御法度で、死罪となることもある。いわば〝見懲《みご》らし刑〟である。一揆や打ち壊しなど暴動については、領内で片付けよという前提があるからだ。

これは逆に、一揆制圧を名目に、幕府の軍勢が藩の領内に入ることを事前に抑える意味合いもある。治安に関わることだから、厳しく運用されているのだ。

桃香は処刑された村松藩の人たちの名前や身分などと、残された講釈本から、山椒亭唐松には妹がいると見抜いていたのだ。

「やはり、只者ではないな」

ぬっと立ちはだかる泰蔵を、桃香は凛とした目で見つめ返した。

「山椒亭唐松……いえ、大島冬馬さんの死を無駄にしないためにも、暴挙は慎んだ方がいいです。私はそれを伝えたくて……」

「ならば、どうすればよいと言うのだ」

「しばらく、お待ち下さい。山椒亭唐松さんを殺した者たちを捕らえれば、真相は必ずや公に晒《さら》されると思います」

「これまで黙殺……いや誅殺されてきたのだ。信じられぬな」

「信じられないのに直訴に及ぶのですか？　山椒亭唐松さんまで殺されたのですよ。この事件はきっと根が深い」

「……」

「門前仲町の紋三親分が、懸命に探索をしております。この人は、南町奉行・大《おお》岡越前《おかえちぜん》様の右腕と言われている岡っ引で、江戸市中と四宿に〝十八人衆〟という名親分を抱えております。この板橋宿の八十八《やそはち》親分もそのひとりです。なので、この宿に見当を付けてくれたのも、その親分です」

　桃香が切実な思いで語ると、お清は真摯な目を向けて、

「あなたを信じましょう……紋三親分の噂は聞いたことがあります。そして、大岡越前様も不世出の名奉行であることも……」

　と静かな面差しになって言った。

「推察どおり、私は山椒亭唐松こと、大島冬馬の妹です」

「はい……」

「兄は、村松藩の藩士で馬廻り役を務めておりました」

「藩主の護衛官も同然ではありませんか」

「よく、ご存じで……その役職に就いていたのも、我が大島家は代々、堀家の家老職にあったからです。奥田甲斐守の治世になってからは、別の人が家老になりましたが、兄は少々、口うるさかったから外されたのです」

「諫言《かんげん》を聞かぬ君主はだめですね」

言いながら桃香は、城之内の話をあまり聞かないなあと少し反省した。もちろん、そのようなことを考えたとは、お清が分かるはずもない。藩事情の話を続けた。

「私は、奥田甲斐守……お殿様の側室にされました。これまでの大島家との関わりも強くしておく意味もあったのだと思いますが、何より、人質も同然でした」

「人質……」

「はい。兄は本当に歯に衣着せぬ物言いですから、お殿様には疎まれていたのです。余計なことばかり言うと、私を殺すと脅していたかに聞いておりますす」

「戦国の世ならばいざ知らず、そんな酷いことが……」

お清は小さく頷いて、

「でも、私の兄は藩領内の悲惨な状況を見て見ぬふりをできる人ではありませんでした。家臣を辞めて浪人となり、藩の窮状を幕府に訴える機会を窺ってました。講釈師も仮の姿でした。元々、お喋り好きで、講釈の真似事もしてましたから。ところが……」

黙って、桃香は聞き入っている。

「思いがけず、講釈師として注目を浴びるようになった。そこで、兄は世情を題材にして、藩の窮状を訴えてきたのです。それは我が藩のみならず、他の国々も似たり寄ったりなので、お上に伝わるかと考えたのです」

そこまで話して、お清は悲しそうに唇を噛んだ。

「でも、却《かえ》って、お上からは酷い目に遭いました……江戸にあっても、御政道批判は御法度なんですね。逆に睨まれるようになりました。もしかしたら……」

「もしかしたら……？」

「藩主か家老の命令で、うちの藩士が兄を殺したのかもしれません」

「……」

「これまでも、村松藩の領民は藩主の手によって殺され、直訴した者たちも殺された……もはや、仇討《あだう》ちしかないのです」

「仇討ち……藩主にですか」

桃香が訊くと、お清は首を横に振って、

「それはまだ言えません」

と拒んだ。

他の百姓たちも、その仇討ちの相手が誰かということは、決して口にしないとばかりに唇を結んでいた。桃香が踏み込めない領域を感じ、強く聞き返せなかった。

お清は話を元に戻すように、冬馬の話を続けた。

「とにかく、兄は謡《うたい》とか端唄《はうた》とか、そのようなものも好きで、先程も言いましたが、生まれながらのお喋り好きもあって、藩臣であったときから、藩政の不正や上役の醜聞などを、百姓らの目線で面白おかしく話していたんです」

「ああ、そうだ。だから、俺たちも大好きだったんだ、冬馬さんのことは」

泰蔵も大きく頷いた。他の百姓たちも同意している。

「そのために、お殿様から怒りを買い、すんでのところで処刑されそうになったこともあるんだぜ。お清様が、側室だったので、なんとか追放刑で済まされた」

脱藩というのは、そういう事情があったのだと桃香は悟った。

その後、浪人となった冬馬は、諸国遍歴をしながら、様々な藩の事情などを聞き歩き、それを面白おかしく講釈し、庶民を啓蒙してきた。だが、今度のように、ただ講釈しただけの者を〝暗殺〟するとは、お清たちには許せないことだった。

「でも、みんなで刃向かったとしても所詮は、蟷螂《とうろう》の斧《おの》では……」

桃香の心配をよそに、お清には勝算があるという。

「我が藩には、米の取れ高が少ないぶん、織物や茶、紙や焼き物などの特産を生み出すことに成功してきました。それを江戸や大坂でも売ることができればと、領民は考えていたのですが、なぜかお殿様が悉《ことごと》く邪魔をしてきたのです。それが、私たちには理解できませんでした」

「ええ？　なぜなのですか……上様も殖産興業は奨励しているのに」

「自分の息がかかっている商家だけに、儲けさせているのです」

「そんな酷い藩主なら、一揆が起きて当たり前ですね。分かりました。私からも、上様に伝えておきます」

「え……？」

目を向けたお清に、桃香はニコリと微笑《ほほえ》み返して、

「あ、伯父の福兵衛は、幕閣にも顔が利くので、ええ……」

「さようですか。それは心強いです」

「ですから、老中の本多但馬守に直訴をするのは止めた方がいいです。でないと、何をされるか分からないので」

桃香は町方の許しを得て、冬馬の亡骸を届けていいと伝えた。国元に連れて帰るのが憚《はばか》られるのならば、深川永代寺で供養して貰うよう世話をすると桃香は話

した。

「何から何まで、ありがとうございます」

お清は礼を言うと、桃香は江戸の様子を探ってくるから、くれぐれも軽挙妄動に走らないようにと念を押して立ち去った。

見送った百姓たちは首を傾げていた。特に忠兵衛と泰蔵は訝《いぶか》った。

「うまく丸め込まれた気がする……あの娘っ子、若い癖に妙に肝が据わってた。お清様、信じ切るのもどうかと思います」

忠兵衛が助言をすると、三平が立ち上がって、

「俺が尾けてみる。本当の素性を調べてみないとな……この木賃宿の周りにも、八十八って岡っ引やその仲間、宿場役人なんかも、うろついてるみてえだし」

と飛び出して行くのであった。

五

下谷広小路《したやひろこうじ》の一角に、越後村松藩の江戸上屋敷がある。立派な長屋門は三万石の大名には見えない。江戸へ百七里、京へは百六十八里という〝中央〟からは遠

方の藩で、しかも雪国となれば、貧しいに違いない。

ところが、この屋敷内は、まるで江戸城内と見紛うような狩野派の煌びやかな襖絵や金屏風、上等な漆棚などが設えられており、藩主の居室は絢爛豪華としか言えなかった。

わずか三万石とはいえ、実際の収穫はもっと低く、二万二千石に満たない。藩財政は火の車と言ってもよいが、織物や紙などの特産を、江戸や京の大店と藩が直取引することで、一万数千石に相当する富を得ている。だが、それは藩主一族と一部の御用商人に過ぎない。

領民たちも事情をよく知っている。ゆえに、一揆が繰り返し起こっていたのだが、藩主の奥田甲斐守は武力でもって鎮圧してきた。万が一、田畑の収入が減っても、その分、特産品が売れ続ける限り、藩主は何も困らないからである。

かような身勝手な藩主のことを、山椒亭唐松こと大島冬馬は講釈として伝えてきたのだが、無惨にも命を絶たれてしまった。

「——余に楯突く奴は、死ぬしかない。村松藩が嫌なら出て行けばよい。出て行って、大人しくしてればよいものを、わざわざ余のことを悪し様に言うことは、断じて許さぬ。よいな、おまえたち……」

奥田甲斐守は酒の相手をしている重臣たちに声をかけた。

ふだんは、江戸家老の田端《たばた》太郎亮《たろうのすけ》が取り仕切っているが、参勤交代にて藩主が江戸在府のときは、奥田が天下一の将軍のように偉ぶっていた。

「大島冬馬を生かしておいては、ろくなことがないゆえ、おまえたちに始末させたが、江戸の町方は怪しんでおらぬであろうな」

「殿。その憂慮は無用にございます」

控えている田端は言った。傍らには、留守居や勘定方など主立った江戸在藩士が、一様に頷いた。

「もし、江戸町奉行が、いえ、公儀の大目付が調べに来たとしても。脱藩藩士を始末する権限は、我が藩……なかんずく殿にあります。大島冬馬は罪人でありますれば」

「罪人……か」

「はい。藩士の身でありながら、領内にて一揆を扇動しただけでも罪ですが、殿のことを悪し様に講釈に仕立てるとは、不敬の罪でございましょう」

「であるな」

「しかも、側室のお清様までが、城を勝手に抜け出し、行方が分かっておりませぬ。さてもさても、素行の悪い兄妹《きょうだい》でございまするな」

　お互い顔を見合わせて苦笑したとき、家中の者が廊下を駆けてきて、

「殿……讃岐綾歌藩の松平桃太郎という御方が訪ねて参りましたが」

「桃太郎……？」

「江戸在府の若君らしく、ご挨拶に参ったとか……」

「挨拶……」

　奥田が訝しげに扇子をパチンと鳴らすと、田端が何かを思い出したように、

「ああ。綾歌藩なら、無下に追い返すのもどうかと思います」

「何故じゃ」

「上様のご親族……つまり親藩でございますゆえ。家老の城之内左膳とは、江戸家老や留守居役の寄合で何度か会《お》うたことがありますが、表向きの飄々《ひょうひょう》とした態度とは違って、なかなかしたたかでございます」

「ふむ……」

「それに、綾歌藩は、〝深川目付〟とか〝深川奉行〟と呼ばれるほど、本所深川《ほんじょふかがわ》界隈に目を光らせておりますれば」

「ならば、会うてみよう。何か魂胆があって来たのだろうからな」

すぐに客間の座敷に、桃太郎君は通された。少しばかり待たされたが、襖の外には家臣が控えている気配がした。

奥田が奥から現れると、桃太郎君は深々と頭を下げた。丁度、父親くらいの年であろうか。老獪《ろうかい》な顔つきの奥田を、顔を上げた桃太郎君は食い入るように見た。

「なるほど、噂どおりの殿様でございまするな」

いきなり、そう声をかけた桃太郎君に、奥田は一瞬、眉間に皺を寄せた。

「挨拶もなく、どういう魂胆ですかな」

「魂胆……何か、人様に腹の裡《うち》を探られては困るようなことを、なさっておいでですか。私はただ、噂どおり立派な殿様だから、見習わなければと思ったまでです」

「何がどう立派なのかな」

「見た目は堂々としているし、物腰も重厚。まさに老中や若年寄《わかどしより》が、上様にお伝えしたとおりの御仁とお見受け致しました」

「……」

桃太郎君の胸の奥を剔《えぐ》るような目で、凝視していた奥田は、上様という言葉に引っかかったのか、喉の奥で唸って、

「上様に何をお伝えしたのでござるかな」

「もちろん、若年寄への推奨でございまする。賄賂が効いたみたいですな」

「賄賂……」

「誤解をしないで戴きたいが、私はこういう形で幕閣の地位を得るのは好ましいとは思っておりませぬ。しかし、私も大名の跡取りではありますが、幕府には宮仕えしている身も同然ですから、老中や若年寄の話を聞かざるを得ません」

「……」

「特に、本多但馬守様には気を使います」

その名を耳にして、奥田の表情がほんのわずかに動いた。

「かくゆう私も色々と頼み事をしているのですが、本多様は何かと厳しい御方ですので……せめて父が務めていた奏者番《そうじゃばん》にはなりたいと思うてますが」

奏者番は、譜代大名が担う役職で、江戸城中の儀礼を取り扱い、寺社奉行を兼任することがある。桃太郎君は、自分も役職を求めて、本多但馬守に頼んでいることを仄《ほの》めかした。

だが、警戒をしてか、奥田は自分のことは話そうとはしなかった。桃太郎君はしばらく待っていたが、自分から切り出した。

「あと千両ばかり、都合がつきませぬか」

「……」

「言っていること、お分かりですよね。私の口から言わせないで下さい」

桃太郎君は煽るように言ったが、奥田は慎重な態度で、首を傾げた。相手もかなり腹の中を探っているようだった。

「もし、用立てできなければ、山椒亭唐松のことも、詳《つまび》らかにしなければなりませぬ。今のところ、上様から大岡殿に抑えておりますが……ご返答次第では、揉み消すのは諦めて貰いたい」

「はてさて……私には一向に何の話か理解ができませぬ」

奥田は惚《とぼ》けたように言った。透かさず桃太郎君は立ち上がって、

「ならば時の無駄でござる。失敬致す」

と部屋から出ようとした。

すると、襖が開いて、田端を含めて数人の家臣が刀を持って立っていた。いずれも険しい表情で、奥田の命令次第では斬るという覚悟が見えた。

「何の真似ですか」

さすがに桃太郎君にも緊張が走った。腕に覚えはあるものの、敵陣の中にあっ

て、多勢に無勢では分が悪い。もっとも万が一、この屋敷から出てくることがなければ、大岡越前に報せるよう犬山《いぬやま》に伝えてある。

「そっちこそ、何の真似ですかな、松平桃太郎君……とやら」

家臣たちの後ろから、見知らぬ顔の大柄な侍が出てきた。桃太郎君は女としては大きな方だが、男としてはやはり華奢である。見上げるほどの相手は、

「拙者、老中首座・本多但馬守の用人、岩神仁兵衛《いわかみじんべえ》という者ですが……殿は、さような千両など求めておりませぬ。一体、これは何の猿芝居ですかな」

と睨みつけた。

「岩神仁兵衛……ほう、おぬしが……」

「知っておられるとは光栄でござるが、何故でござる」

「何かと悪辣な人間だとな。これでも上様の〝目付役〟でござれば、老中・若年寄の主な家臣くらいは頭にいれておる。本多但馬守様の腹心が、この屋敷にいるとは、もはや深い繋がりがあるのは否定できぬな」

桃太郎君は岩神を睨み上げ、

「本多様と奥田様の関わり、改めて上様にお伝えするゆえ、覚悟しておくがよい」

「このまま、屋敷から出られると思うてか」

「無礼者。その刀、一度、抜き払うと二度と元の鞘には戻れぬぞ」

険しい口調で返したが、岩神も田端も、他の家来たちも抑えていた苦笑を噴き出し、

「おい、小娘。おまえ、一体、何者なのだ」

「え……？」

今度は桃太郎君の方が驚いた。岩神は近づいて来ながら、ほくそ笑んだ。

「おまえが呉服問屋の『雉屋』に入り、そんな若君のような格好をして出てきたのは、ずっと見られていたのだ」

「——うそ……」

「綾歌藩の若君などというのは、嘘八百。女……本当は何者なのだ」

迫る岩神の背後から顔を出したのは、なんと三平であった。

「あなたは……三平さん……」

驚いた桃太郎君を見る一同の目が険しくなった。三平は一歩前に出て、

「板橋宿に来たときから、妙な女だと思ってたんだ。俺を見くびるなよ。ずっと尾けてたんだよ。変装したって分かるんだ」

「……」

「匂いを変えることはできねえからな。俺は犬みてえに鼻が利くんだよ」

「あなたは、みんなを裏切ったの？」

「最初から殿様の味方でえ。あいつら、殿様を亡き者にしようとしてるから、俺が潜り込んで動きを見張ってたんだよ」

「え？　狙いは、奥田甲斐守だったの？」

「そうだよ。山椒亭唐松だって、本当は殿様のことを虎視眈々《たんたん》と狙ってたんだ」

調子づいて話した三平を、田端は「余計なことを言うな」と叱りつけたが、岩神は刀を抜き払いながら、

「どのみち、ここからは逃げられぬ。女を斬るのは忍びないが、男に変装しての盗っ人ならば仕方があるまい」

と斬りつけた。

サッと飛び退《すさ》った桃太郎君も抜刀しながら、庭に駆け下りた。履き物はないが一目散に植え込みを縫うように塀の方へ逃げた。その後から、家臣たちが追ってくる。

若い桃太郎君は身のこなしが軽く、庭木の枝に飛びつき、足をかけて高い所ま

でよじ登ると、エイヤッと塀の屋根に飛び移った。その勢いのまま、外に飛び降りると一目散に逃げた。

「追え、追え、逃がすな！」

奥田の大声に応じて、家臣たちが表門から出てきたが、桃太郎君の姿はどこにも見当たらなかった。

そんな様子を——路地の陰から、じっと見ていた犬山が、

「まったく……無茶なことをする若君……いや、お姫様だ。城之内殿の苦労が分かる」

と溜息をついた。

六

翌日、登城の刻限、濠沿いの道を山下門に近づいてきた老中・本多但馬守の行列に、駆け寄る百姓の一団があった。

忠兵衛や泰蔵を頭とする十数人である。いずれも薄汚れた野良着姿のままだ。

その中には、三平もいる。桃香のことを素性の知れない怪しげな女で、直訴を

止めたのは不都合な何かがあったと仲間たちに話したのだ。その上で、やはり直訴すべきだと扇動したのだった。

「ご老中、本多但馬守様とお見受け致します。お願いでございます。どうか、どうか、私たちの思いをお聞き届け下さいませ」

割り竹に訴え状を挟んで差し出した。が、供侍《ともざむらい》が数人前に出てきて、

「無礼者、下がれ、下がれ！」

と追い払う仕草をした。

「あっしらは犬じゃありやせん。どうか、お願い致します。これは我が藩の殿様にまつわる大変なことなのです」

「おまえら、藩主を売るというのか、この不忠者めらが！」

怒鳴りつけ、さらに刀を抜き払って脅そうとしたが、忠兵衛と泰蔵は頑として動かなかった。供侍たちはさらに踏み出して、ブンと威嚇して刀を振った。それでも微動だにせず、懸命に訴え状を差し出した。

すると、武家駕籠の扉が少しだけ開いて、本多但馬守が顔を出した。ふくよかな頬をしており、優しげな目つきだが、やはり曲者なのか表情は険しい。

「捨て置け。しつこいようなら斬れ」

一言だけ軽く言って、扉を閉めた。その老中の顔は忠兵衛たちからは見えなかったが、様子は分かった。

「お願いでございます。どうか、どうか！」

忠兵衛が割り竹を差し出すと、供侍が刀で叩き切った。はらりと訴え状が風に舞い、ひらひらと濠の中に落ちていった。

「この鬼！　おまえら老中は、賄賂を貰って、何でもするのか！」

泰蔵が声を荒らげた。

「山椒亭唐松を殺したのも、おまえたちじゃねえのか！　この人殺し！」

供侍たちのうち、数人が憤怒の顔で駆け寄って来て、

「この無礼者めが！　成敗致す！」

と泰蔵と忠兵衛ら百姓衆を斬ろうと刀を振り上げた。その顔にバッと砂が飛んできて、割って入ったのは、百姓姿の猿吉だった。紛れ込んでいたのである。

「みんな、逃げろ！　これも罠だったんだ。あんたたちに直訴をさせ、成敗の名目で殺すのが狙いだったんだ」

猿吉が大声で報せたが、忠兵衛たちは一瞬、何のことだか分からず戸惑った。だが、一目散に逃げ出そうとする三平に、猿吉は得意の投げ独楽を放った。

シュッ――と鋭い回転をしながら、三平の肩に当たり、倒れたところに投げ縄を搦めるや、猿吉は跳ねるように近づいて捕らえた。

「仲間に顔向けができるのか、ええ！」

「な、なんだ、やめろ！」

三平が抗《あらが》うと、忠兵衛たちは訳が分からず戸惑っていたが、本多の供侍たちが猿吉に近づいて斬ろうとした。素早く猿吉は十手を突きつけて、

「これは、御用でえ！」

と言った。

それでも斬ろうとする供侍の前に、「待て、待て」と犬山が駆け付けてきた。百姓たちを庇うように立ち、

「拙者、元大岡越前内与力《うちよりき》、犬山勘兵衛《かんべえ》。ここは刀を収めて戴きたい。江戸に流れ込んできた百姓、無宿者、浪人への制裁は、町奉行が執り行うはず。直訴は咎《とが》人《にん》扱いに準ずるとはいえ、切り捨て御免は如何《いか》にも乱暴。どうか、刀を鞘に」

と懸命に訴えた。

武家駕籠から「捨て置け」と本多但馬守の声が洩れた。その言葉に引き下がらざるを得ない供侍たちは、犬山を睨みつけてから、山下門へと向かった。

直ちに――。

百姓たちは南町奉行所に連れて行かれた。

詮議所にて、大岡越前が直々に、百姓たちに問い質《ただ》した。

「直訴は御法度。訴状を差し出した者は死罪であることは、承知しておるな」

「――はい……分かっておりやす」

忠兵衛は素直に答えた。

「しかも、直訴するには裃《かみしも》姿で行う決まりがあるが、野良着姿のままとは、いかにも無礼極まりない。一同の者、即刻、小伝馬町牢送りに処するゆえ、さよう心得よ」

「そ、そんな……せめて話くらい、お聞き下さいまし」

「直訴が何故、ならぬか知っておるか」

幕藩体制の維持のためである。一揆に乗じて、藩主の不正を暴き、それを幕府が咎めていては、藩政の独立が危ぶまれる。あるいは、嘘の直訴によって、藩主を陥れることも可能だからだ。よって、幕府は慎重に対応することに徹している。

「俺たちゃ百姓だから、詳しいことは知らねえ。お武家様の事情も分かんねえ……でも、悪いことをしている殿様に、黙って苦しめられてるのはもう嫌だ。殿様が酷いんだから、それを懲らしめてくれるのが、ご公儀なんじゃありやせんか」

「それでも法は曲げられぬ」

「酷えや……名奉行と言われた大岡様のお言葉とは思えやせん」

「私はおまえたちを助けたのだ。あのままでは斬り捨てられていた。直訴は失敗に終わったのだから、なかったことと処する。ただ数日は牢送りとする。その後は、国元に帰って、精出して仕事をするがよい」

大岡は善処したつもりだが、忠兵衛たちには苛斂誅求を繰り返す藩に戻るのは、地獄に突き落とされるも同然だった。

「――かくなる上は……」

何かを決心をした忠兵衛に、大岡は優しく声をかけた。

「まだ分からぬのか、庄屋……おまえたちの直訴こそが、仕組まれたものだったのだ」

「え……？」

忠兵衛のみならず、他の百姓たちも意外な目を向けた。片隅の三平だけが歯ぎしりしながら、横を向いている。

「岡っ引の猿吉が、その場で叫んだらしいが、おまえたちは利用されていたのだ……そうであろう、三平」

ふいに町奉行から名指しされた三平は、恐縮したように俯いた。

「おまえたちが直訴をすれば、その場で殺される。さすれば、藩の内情は誰にも洩れることはなく、山椒亭唐松こと大島冬馬が殺された一件も曖昧となり、町奉行所の調べも終わることとなろう」

大岡が話すと、忠兵衛が三平を振り向いて、

「……三平、どういうことだ」

と訊いた。

しばらく、三平は目を閉じていたが、申し訳なさそうに、

「すまねえ……裏切るつもりはなかったんだ……でも、言うこと聞かねえと、国のおふくろたちが殺されるから……」

「ちゃんと話せ。おまえは駕籠訴の所からも逃げようとしたが、何をしたんだ」

「お、俺は……最悪の場合は、みんなが村松藩の江戸屋敷に乗り込んで、殿様を殺そうしていることを知ってた。だけど、そんなことできっこねえ。返り討ちに遭うのが、関の山だ……」

「直訴が失敗したときは、だ」

泰蔵が口を挟んだ。三平は腰を浮かせて、半ばムキになって、

「直訴だって無駄だ。侍なんて、どいつもこいつも、貧乏百姓のことなんか、どうでもいいんだ。てめえらは、俺たちが作った米でいい暮らしができてるってのによ」

「だから、諦めたのか」

大岡が三平に向かって、静かに言った。

「どうせ侍は情け容赦ない者たちばかりだから、まっとうな手段で訴えるのは諦めたというのか、おまえたちは」

「そうだよ。悪いかい。他にどうしろってんだ。もうすでに何人も殺されてるんだ。うちの殿様によ。だから、俺あ、言いなりになるしかねえって思ったんだ。命あってのモノダネだからよ」

居直ったように三平は声を荒らげた。忠兵衛はよせと制したが、大岡は淡々と、

「それでも、してはならぬことは、してはならぬのだ。違法なことをする藩主を咎めるために、違法な手段を用いては、理が通らぬではないか」

「じゃ、どうすりゃいいいんだよ」

「きちんと、しかるべき筋を通して、訴え出れば良かった。公事宿を通せば、町奉行でも勘定奉行にでも訴訟は受け付けられる。それに、上様は目安箱を設けておる。月に三日という日にちは決まっておるが、辰之口評定所の前に置かれており、必ず上様が御自ら目をお通しなさる」

「──そ、そんな雲の上の人が、俺たちの話を聞いてくれるわけがねえ」

「なら、何故、老中に直訴をした……であろう、三平……おまえは、仲間が斬り捨て御免にされることを承知の上で、その場に連れてきたのだ。深く反省するがよい」

「うっ……」

「ただし、皆の者も、三平を責めるべきではない。かような年端もいかぬ若者に、やおら命を捨てよと命じるのは、度が過ぎておる。この世に生を受けた者の命を軽んじてはならぬ。無駄死になどさせてはならぬ」

大岡は叱責するように言ったとき、犬山に連れられて、お清が入ってきた。恐縮したように百姓たちの隣に座り、

「この度は、大変、ご迷惑をおかけしました」

と頭を深々と下げた。

「既に聞き及んでおりますが、奥田甲斐守様の側室であらせられたとか」

「はい……」

「では、奥田様の身近にいたのですから、その悪行も、ある程度はご存じかと」

「──私のせいです。この者たちに責任はありません。私が扇動したのです。ですから、どうか、温情のほどを……」

涙ながらに訴えるお清に、大岡は頷いて見せた。そして、穏やかな表情で、

「おまえたちの直訴はならぬ。だが……人から聞いた話を、この大岡が老中に伝えるのは、何の罪にもならぬ」

「え……？」

「奥田甲斐守のこと、如何なる人なのか、何をしたのか……ここで、自由勝手に話すがよい。私は、隣室にて、聞いておる」

大岡は一同を見やると、微かに微笑んで、奥の座敷に向かった。

お清はその配慮に頭を下げると、これまでの奥田甲斐守の不行跡を、ここぞとばかりに話し始めた。それにつられて、忠兵衛や泰蔵たちも、不平不満を声高にぶちまけるのであった。

七

「――かくして、森の奥の田んぼに、万年も住む亀の妖怪は、弱い百姓に苛斂誅《かれんちゅう》求《きゅう》を施した上に、それをこの国の将軍様に直訴に及んだために、あわや殺されそうになった」

タン、タタン！――と白木の釈台を張り扇で力強く打ちつけたのは、黒羽織の講釈師姿をしている城之内左膳であった。

ここは、両国橋西詰めの小屋で、枡席にはギッシリと客が押し寄せている。悲劇の死を迎えた山椒亭唐松の二代目と称して、城之内が名調子で語っているのだ。

「ああ、我ら村松の百姓衆は、米もすべて奪われ、粟粥すら食うことが出来ず、雑草の煮汁で空腹を満たし、犬の糞でも食らわねば、命が枯れる幾星霜。三途の渡しの六文銭すら、村中巡っても掻き集められず、西方浄土に行くにも歩くことあたわず、哀れ野垂れ死の無縁仏……タタン！　妖怪変化の顚末《てんまつ》は、烏《からす》が羽の旅枕、江戸に百里の旅の末、直訴に及んだその先に、待っていたのが獄門台。哀れ村松の百姓衆は、殿様の不正を正すべく、ご老中様に訴えしが、その老中様までもが、賄賂貰うて大笑い……タタン！　タン、タン！　世の中、真っ暗闇の地獄花……」

城之内はひとり酔いしれて名調子で講釈をしているつもりだが、客席からはすでに野次が飛んでいる。下手な講釈を聞かされては、耳どころか脳みそまでが腐ってしまいそう。

「やめろ、やめろ！　何が二代目山椒亭唐松だッ」

「おまえの方が年寄りじゃねえか」

「何を言ってるか、サッパリ分からねえぞ」

「もっと稽古して出やがれ」

「金返せ、泥棒！　殿様よりも、おまえの方が大騙りだ！」

などと遠慮のない暴言だらけである。

だが、城之内は客を無視するかのように、懸命に続けた。

「ところが、どっこい！　百姓衆は越後村松藩のお殿様に何人も殺された！　その殿様の名は、奥田甲斐守盛憶という極悪人。ご先祖は、豊臣家、徳川家の名家に仕えたにも拘わらず、金の亡者と人殺し、併せ持ったら怖いものなし。領内の特産は独り占め、年に千両、二千両、ご老中の本多但馬守に渡してたのだから、恐れ入谷《いりや》の鬼子母神《きしぼじん》！」

実名が出たところで、客席は少しばかり動揺が広がって、どよめいた。

「奥田甲斐守がなりたいのは、若年寄。自分が偉くなりさえすれば、百姓死んでも御の字畑。ご老中本多但馬守も、金さえ入れば、余所の領地のことなど知らぬが仏の甘茶でカッポレ。我が世の春と浮かれけり……それを暴いたのが、先代、山椒亭唐松だ！」

そこまで調子づいて講釈を垂れていた城之内がアッと息を呑んだ。

客席の後ろから、数人の侍が押し込んでくる。明らかに、村松藩の家中の者たちであることは分かった。

「やめろ、やめろ！　貴様、誰に断って、山椒亭唐松を名乗っておるのだ」

怒鳴りつけたのは、奥田の腹心、田端である。その顔を見るなり、客席から、

「あ！　こいつだ！　奥田甲斐守の用人で、先代の山椒亭唐松を殺した奴だよ！」

と声を上げて立ち上がったのは、娘姿の桃香であった。

「なんだ、小娘……」

「お忘れですか？　越後村松藩の江戸上屋敷で、あなたたちに殺されそうになっ

た、若君様とは、あちきでございますわいなあ」

「！……」

唇を噛んだ田端は、「黙れ」と低く言ってから、壇上の城之内に向き直り、

「下らぬ講釈なんぞ垂れずに、家に帰って昼寝でもしておれ」

と言った。

他の家臣たちも、威嚇するように客席を見廻した。

桃香は啖呵を切るように振袖をバサッと打ち鳴らして、

「ちょいと、お武家様。いや、越後村松藩の悪辣な家臣の皆々様。ここは、江戸の町人が楽しむ小屋。しかも、町奉行所から許された講釈小屋だってことは、ご存じですよねえ」

「だから、なんだ」

「知らなきゃ、教えてあげましょう。官許の芝居小屋に土足で入り込んで邪魔なんぞをしたら、お咎めがありますよ」

突き上げるように言ってから、桃香は壇上まで上がって、

「皆様、そこに阿呆面下げて立っているのは、講釈にあったとおり、若年寄になりたいばっかりに、年貢の他にも領民から根こそぎ巻き上げ、老中の本多但馬守

に賄賂を渡していた奴の手下たちだ」

と城之内よりも明瞭に話した。

横でチラチラと見ている城之内だが、桃太郎君とは気付いていない。

「さあ、どう思います、皆の衆。江戸っ子なら、黙って見過ごすわけにゃいきませんよねえ。こんな奴ら袋叩きにして、四つに畳んで江戸湾の沖にでも沈めてやりましょうよ」

桃香が客席を煽るように言うと、「おう！　そうだそうだ！」「江戸っ子が黙っちゃいねえぞ」「この田舎侍！」「みんなで吊し上げてしまえ！」などと声を上げる客もいた。

すると、我慢を仕切れなかったのか、田端は抜刀した。客席はワッとざわついて、逃げ出す者もいた。同時に、他の家臣たちも威嚇するように抜刀した。

「よさないか！」

誰より先に声を発したのは、意外にも城之内であった。

ズイと一歩二歩と前に出て、

「拙者、讃岐綾歌藩江戸家老、城之内左膳。当藩の若君から、全てを聞いておる」

と言った。

「——えっ。またしても、綾歌藩……ええ。どういうことだ、おまえは誰だ？」

田端は不思議そうに、桃香を見て首を傾げたが、城之内は朗々と続けた。

「大岡越前様からも事情を聞いた。今頃は、百姓衆の話を聞いた上様が、本多但馬守様を処分している頃であろう。つまり、おまえたちの主君、奥田甲斐守は切腹の上、御家断絶。当然、おまえたちも連座して切腹か死罪だ。村松藩には、他の藩主が入ることになろう」

「で、出鱈目を申すなッ」

「残念だが、おぬしたちもここに踏み込んできたのが運の尽きだ。それこそ、罠と知らずにな……ふはは」

「なんだと……」

客席の中には、猿吉を含めて、岡っ引と町方捕方が三十人ばかり、混じっていたのだ。伊藤洋三郎も客席の一角から、ぶらりと出てきて十手を突き出した。

「城之内様が言ったとおり、ここは町奉行所支配なのでな、芝居を暴力によって止め、客を脅した乱暴狼藉者として捕らえる。言い訳があるなら、奉行所で聞こうか」

伊藤が迫った途端、田端はやけくそになって、刀を振りかざした。

それを伊藤は素早く抜刀して弾き返した。すると、他の家臣たちも大暴れを始めた。城之内もその場に踏み込んで、鋭い居合いで投げ飛ばし、敵の刀を奪い取るや、峰打ちでバタバタと叩き倒した。そこへ、犬山も乗り込んできて豪剣を振るい、奥田の家臣たちを激しく打ちつけた。

あっという間に、町方に捕らえられた家臣たちは、惨めな姿で連行された。客席にいた町人たちからも、非難の声が飛んで、石を投げつけられた。


その夜――讃岐綾歌藩の上屋敷では、講釈調の声で、城之内が久枝を相手に、興奮気味に話をしていた。

座敷には月明かりが差し込んでいる。

「……さよう、身共が真っ先に、千切《ちぎ》っては投げ、千切っては投げの大活躍。見事、村松藩の悪党共を捕らえることができたのじゃ。いや、久枝殿にも披露したかったわい」

「さいですか。それは、良いことをなされましたね」

「いや、久しぶりに腕が鳴った。もちろん、喉もころころと鳴った。いっそのこと講釈師になろうかのう」

「だから、今宵は機嫌がよろしいのですね。いつかふたりで講釈を聞きにいきますか。浄瑠璃でもよろしゅうございますよ」

「えっ……そんな、まことでござるか」

城之内は急に畏《かしこ》まって、

「実は身共は……その……なんというか……女房も娶《めと》らず、主君の御家一筋に仕えて参った……であるからして……」

「私も同じでございます。まだ色々な夢を見る娘の頃に、当家に入りました。行儀見習い程度で、すぐに辞めるつもりでしたが……殿も奥方も優しいお方。ついつい御側に仕え続け、桃太郎君が生まれてからは乳母代わりでした」

「でござったな……奥方が亡くなられてから、久枝殿はほんに苦労された……これからは、少しくらい楽をしてもよろしいのではありませぬか」

「いえ、桃太郎君の今後の成長も、私の楽しみでございますれば、死ぬまで御側に仕えとう存じます。我が子同然ですので」

「――久枝殿……」

城之内が少し久枝の側に寄って、手を握ろうともじもじしていると、

「良い月じゃのう」

と声がして、廊下を渡ってくる裃姿の桃太郎君が見えた。

「なんだ？　お邪魔だったかな」

「いえ。なにを、そんな……」

慌てて離れたのは城之内の方だった。久枝は声を殺して笑っている。

「で……上様はご機嫌は如何でございましたか……」

桃太郎君は江戸城中まで、今般のことを伝えに行っていたのだ。

「うむ。城之内の今般の画策、あっぱれじゃと上様からお褒めつかった。お陰で、越後村松藩の〝鬼退治〟ができ、百姓たちは救われ、これまで以上に殖産興業に力を入れ、田畑不足を補うそうじゃ」

「それは、ようございました。では、村松藩の新しい藩主も決まりましたか」

「それだがな……」

間をおいて、桃太郎君は城之内を見た。

「何か……」

「実は、城之内、おまえはどうかと上様直々に推挙された」

「はあ？」

「どうじゃ、三万石の大名だぞ」

「からかっておるのですか。拙者、そのような器でないことは自分がよく分かっております。それに、私は綾歌藩に生涯を尽くすつもりでございます」

「なんだ……久枝とともに送ってもよいと考えていたのだがな」

「えっ。久枝殿も……」

「ああ。藩主の奥方としてな」

城之内は迷ったように、久枝を見た。だが、久枝はあっさりと、

「行きませぬ。私は死ぬまで、若殿の側におります」

と言うと、城之内も頷きながら、

「さよう、さよう。たった今、そのような話をふたりでしていたところでござる」

「欲がないのう」

「知足安分《ちそくあんぶん》。それが拙者の座右の銘でありますれば」

「ならば、私に若年寄になれだの、奏者番になれとは二度と言うでない。勝手気《き》儘《まま》に暮らしたいのだからな」

桃太郎君は強く命じると、奥座敷に向かった。城之内はその背中に深々と礼を

したが、ふいに首を傾げた。

「如何《いかが》なされました、城之内殿」

久枝が尋ねると、唸りながらも思い出したように、

「あれは誰だったのかな……あ、いえ、浄瑠璃小屋で啖呵を切った町娘がおりましてな、妙に元気で、まるであの町娘が合図をしたかのように、伊藤殿をはじめ町方やら何やらが飛び出してきて、ええ、かの犬山勘兵衛殿まで……」

「さあ、なぜでしょう。それより、月が綺麗ですね。しばらく眺めてましょうか」

ニコリと微笑みながら、久枝の方から城之内の手を握った。

「あ……これは……あ、いや……なんというか……その……」

城之内は月を見上げず、まるで初《うぶ》で純粋な少年のように俯いているだけだ。

そんなふたりを、桃太郎君は奥座敷から笑いながら見ていた。

第四話　こんぴら奉行

一

大岡越前《おおおかえちぜん》から呼び出されたのは、初雪が降った朝だった。

町奉行如きに、一国の大名が呼び出されるというのは、如何《いか》にも理不尽だと、城之内左膳《じょうのうちさぜん》は怒っており、出向く必要はないと断じた。むろん、桃太郎《ももたろう》君に来いと言っているのではなく、家臣なら誰でもよいのだ。

仕方なく、城之内は江戸家老として、南町奉行所に出かけた。武家の格式では、大岡家の方が上だし、幕府の旗本と親藩とはいえ、三万石の大名の家老では身分も違う。

しかし、誇り高き城之内は、対等であるという意識で、大岡と対面した。両肩を怒らせている城之内に、緊張をほぐすようにと伝えたが、「これが普段どおりです」と言い返すほどだった。

「実は……讃岐《さぬき》綾歌藩《あやうたはん》のお耳に入れておきたいことがありまする」

「町方から、でございますか」

町人相手の奉行が何様だというような思いが、城之内の心の何処《どこ》かにあった。だが、大岡越前といえば、八代将軍吉宗《よしむね》の懐刀であるし、揺るぎない腹心である。

「上様からのお尋ね……いや、頼みでな……」

「え、上様からの……」

「さよう。実は、もう二年近く前のことだが、大坂から瀬戸内海にある〝鬼ヶ島〟に向かって、流人船が出たのだが……事もあろうに、海賊がその船を襲ったのだ。その折、二十人程いた流人たちが、ほとんどみな逃げ出してな、行方知れずになったのだ」

鬼ヶ島と呼ばれるその島は、鶴島《つるしま》といって、日生諸島《ひなせしょとう》にあった。播磨灘《はりまなだ》にある、瀬戸内海には珍しい断崖だらけの島で、後に切支丹流刑地として知られるようになる。

「同様の事件が、つい先頃あったと、大坂城代から報せがありましてな、何としても調べ直さねばならぬと、上様から命じられたのですが……ついては、綾歌藩に探索を依頼したいと、幕閣からも要請が出たのです」

いわゆる国防に関して、海に面した藩が請け負うのは、幕末ではなくとも、江戸時代を通じてあったことだ。実は吉宗《よしむね》の時代にも、異国船は沿岸に来航している。また諸国には水軍の末裔がおり、抜け荷や不法な海賊行為をしている者たちもいた。

だが、わざわざ流人船を襲うのは異様で、それには〝逃がし屋〟という一味が関わっているのではないかとの噂があった。〝逃がし屋〟とは金を払って、咎人《とがにん》などを身の安全な所に逃がしたり、別の人生を送らせることを生業としている者たちである。

「金になる荷物のない流人船を襲うというのは、考えられるとしたら……囚人たちを捕らえて、別のことをさせるしかない」

大岡が断ずるのには理由があった。人攫《ひとさら》いというのは何処にでもいて、女衒《ぜげん》のように若い娘たちを遊女屋に売り飛ばしたり、借金まみれの男衆を普請場や鉱山人足として送ったりしていた。

「その手の者が、囚人を攫い、何処かに逃がすか……あるいは働かせるか、しているのではないかと思われるのだ」

「なるほど、大岡殿は、その囚人たちの行方を、我が藩に探せと申しているのですな」

「さよう。むろん、必要ならば公儀から援軍を出すが、まずは〝鬼ヶ島〟に近い綾歌藩ならば土地鑑もあるだろうし、ぜひに頼みたいと思いましてな。桃太郎君に鬼退治というのも乙なものでござろう」

「つまらぬ洒落でござる」

「これは失礼をば……むろん、桃太郎君が拒まれるのであれば、無理にとは申しませぬ。何卒《なにとぞ》、ご検討下されば幸いでござる」

城之内は即答はせず、持ち帰って検討すると伝えた。

何を考えているのか、桃太郎君はふたつ返事で、請け負うと言った。

「まことですか、若君……かような難儀なことを……流人船が襲われるなど、そもそも公儀役人の失態ではないですか。その尻拭いを、我が藩がする必要は……」

「ある。それが、親藩の使命じゃ。ただ将軍家の親類縁者と思うなよ」

「ですが……」

「それに私は難儀なことに首を突っ込むのが性に合っておる。しかも、綾歌藩にも関わることならば、尚更ではないか」

桃太郎君も言い出したら一歩も引かないので、改めて幕閣に会って、詳細の打ち合わせをすることになった。

城中にて、桃太郎君が、老中の小笠原飛騨守《おがさわらひだのかみ》と此度《こたび》の事件担当の寺社奉行・越《お》智土佐守《ちとさのかみ》に会ったのは、すぐ翌日のことだった。

改めて幕府は、讃岐綾歌藩に、この件につき探索を依頼した。此度は、流人船ごと消えたのである。瀬戸内の何処かの島か、讃岐の何処かに漂着しているかもしれぬ。

寺社奉行が乗り出してきたのは、讃岐にある金毘羅《こんぴら》を管轄しているからである。

「それにしても、越智土佐守殿……」

此度の一件とは関わりのない話を、老中の小笠原は言い出した。

「金毘羅への街道のことだ。着手してから、もう数年にわたり普請をしておるのに、未だに完成をしないのは、どういう訳かな」

「また、そのお話でございまするか……此度の流人船の一件とは……」

「分かっておる。されど、上様からも尋ねてみよと言われておるのでな。遅々として進まぬ理由があるのか。これ以上、延びるとなれば、公儀から普請にかかる金を出すのが難しくなるのだ」

「はい……」

越智自身も困った顔になった。

「そもそも、金毘羅街道が必要かどうかという問題もあります」

金毘羅宮は古くから信仰があるものの、参拝が盛んになったのは、伊勢と同じく江戸になってからで、享保《きょうほう》の当時はさほど門前町も整っていなかった。

〝金刀比羅宮〟とも記されるこの神社は、大物主神《おおものぬしのかみ》が象頭山《ぞうずさん》に行宮《あんぐう》を営んだ跡を祭った「琴平神社」から始まると言われている。ここには、真言宗の松尾寺《まつおじ》があって、かの修験道の役小角《えんのおづぬ》が来山した際に、金毘羅の神験に遭ったとの伝説もある。

――海の彼方から波間を照らして現れた神。

と言われ、海上の守り神とされる。

江戸の商人が寄進した〝太助灯籠《たすけどうろう》〟がいわば、灯台の代わりになったとも言われている。やがて、信仰が庶民に広がり、伊勢神宮までは行けない西国諸国からの、金毘羅参りが盛んになった。そのため、街道が必要になったのだ。

「普請が遅々として進まないのには、理由がふたつあります」

越智は丁寧に説明をした。

「ひとつは、大きな固い岩盤に当たって、掘削が非常に困難であること。ふたつめは、地元の猟師や木こりたちが、暮らしを壊されるからと、邪魔をしていることです」

「さようか……いずれも難儀よのう……」

苦虫を潰す小笠原だが、老中としては何としても片付けなければいけない案件だ。

「――あの……」

桃太郎君は恐縮したように問いかけた。

「流人船が何者かに襲われ、逃げた咎人を探索する話ではなかったのですか」

「むろん、それもある。しかし、そのことと、普請が進まないということの関わりもあるかもしれぬのじゃ」

小笠原は慎重な口振りになって、越智と桃太郎君に囁《ささや》くように言った。

「実はな……流人船のことで、大目付配下の諸国見廻り役・秋月兵庫《あきづきひょうご》という者を放っておったのだが……『讃岐金毘羅に不穏な動きあり』……という報せを寄越して後、行方知れずになっておるのだ」

若年寄《わかどしより》支配の諸国巡見視ではない。こちらは小姓番や書院番などから使番《つかいばん》を伴って、諸藩もしくは天領の政治状況を調べ、幕法が遵守されているかを確かめ、世相風聞を書き留めて幕府に伝える旗本職である。

諸国見廻り役は、御庭番が受け持つこともあり、大目付の家臣が担うこともある。概《おおむ》ね隠密裡に動いて、領主やその家臣に接することはまずない。いわば忍び同然である。

「その秋月兵庫と共に讃岐を探索していた手下の伊兵衛《いへえ》の死体が、綾歌藩領内の山中で見つかったのだ」

「死体で……」

「秋月兵庫の方からも連絡が途絶え、何ヶ月も過ぎておるのだ」

「つまり、私に自分の領内を探索せよと」

「そういうことだ。藩を上げて調べて貰いたい。手段は桃太郎君にお任せする」

老中直々に命じられれば、讃岐綾歌藩としても動かざるを得ない。早速、早馬と飛脚を出し、国家老の堀部《ほりべ》帯刀《たてわき》に先触れするとともに、自らも国元に出向くと約束をした。

「あ、いや、しばらく……若君自身が行くまでもありますまい。危険な使命でありますゆえ、国家老や家中の者に任せれば……」

「いいえ。秋月殿のことはもちろんですが、越智土佐守様の話された、我が藩領内の金毘羅宮のことも気になりますので。それに、国元の父上ともしばらく、会っておりませぬゆえ、見舞いがてらに参りたいと存じます」

桃太郎君が微笑《ほほえ》んで頭を下げると、越智の方が冷ややかな言い草で、

「ほう。公儀の務めを、見舞いがてらとは……いい加減にされては困りますな」

と睨《にら》んだ。

だが、桃太郎君はさして気にも止めず、何処か浮き浮きとしていた。まるで物見遊山にでも出かけるような軽やかさだった。

二

険しくて細い山道を、菅笠に旅姿の町娘に扮《ふん》した桃香《ももか》が杖をついて歩いていた。

南国とはいえ、冬の道ゆえ微かに雪が舞い、陽射しは鬱蒼とした樹木が遮っていた。

四国山脈の中でも、讃岐の山は丸くて穏やかだとはいえ、やはり奥深く入ってくると、女の足には厳しかった。

江戸から船旅で大坂まで三泊四日、そこから四国までは風に乗れば一日で着く。

——我が藩とはいえ、ずいぶんと遠くに来たものねえ……。

振り返ると金毘羅山が見え、その向こうには穏やかな瀬戸の海が眺められる。塩飽《しわく》諸島の島々が、夕映えに燦《きら》めいて、この世のものではない美しさだった。

江戸藩邸で生まれ育ったため、綾歌藩領内に来たのは三度目だが、幼い頃、まだ壮健だった藩主の父親に連れられて登った山である。懐かしさのあまり、ひとりで無理をして来てみたが、夕陽の赤とうっすらと広がる白い雪が相まって不思議な光景だった。

足を止めて一息つき、草鞋《わらじ》の紐《ひも》を結び直したときである。

——ダダン！

と近くで銃声がした。

猪狩りでもしているのであろうか。ザワザワと近くの下草や灌木が揺れた音に、ハッと振り向いた桃香の目に飛び込んできたのは、茂みの合間を抜けて逃げて来る若い百姓女の姿であった。粗末な着物で、風呂敷包みを背負っている。

その後ろからは、鉄砲や弓を抱えた役人の姿が見えた。切羽詰まった様子である。

「ええい！　撃て！　撃ち殺せ！」

ダダン——発砲する役人たちの姿に、桃香は思わず駆け寄ろうとした。だが、その前に、必死に逃げる百姓女に向けて、弓矢で狙いを定める役人がいた。

ギリギリッと弦を引いた役人の腕に、ビシッと小刀が立ち、矢はあらぬ方向へ飛んで木に突き立つ。桃香が投げたのだ。

「おやめなさい！」

素早く、百姓女の前に、桃香は立ちはだかった。

「何があったか知りませんが、殺す事はないでしょうッ」

毅然と言い放つ桃香を見やり、役人の頭目格は訝《いぶか》しげに目を細め、

「娘ひとりが、かような山中を……一体、何をしておった。庇《かば》い立てすると、おまえも痛い目にあうぞ」

桃香は百姓女を庇いながら、大事そうに抱えている書状を見て、

「それは？」

「高松《たかまつ》の目安箱に届けるのです」

どうやら、吉宗の真似をして、高松城の表門にも、月に一度だけ目安箱を置いているのだ。そのことは、桃香も知っている。

「目安箱……ここは私に任せて、早く行きなさいッ」

と桃香が押しやると、百姓女は一目散に山道を下に向かって走り去った。

「おのれ。邪魔立てしおって」

役人たちがいきなり、桃香に斬りかかった。が、桃香は杖に仕込んでいた刀を抜き払い、次々と腕や足を斬った。頭目格は驚き、一瞬、身を引きながら、

「ただ者ではないなッ……顔を見せろ」

菅笠で桃香の顔はよく見えない。

「おまえたちは、綾歌藩の者ではないのか。何故、こんな真似をする」

「残念ながら、ここは天領だ」

「天領……嘘だ。かような所に天領はない。藩主の松平《まつだいら》讃岐守に隠れて、おまえたちは一体、何をしているのです」

「ふん。気丈な女だな。天領だと言うておろうが」

頭目格がさらに斬りかかったが、桃香は鋭く相手の刀を弾き返した。斬り結びながら桃香は、百姓女が逃げたのとは違う反対の方向へ逃げ出した。誘いをかけるためである。

足場の悪い崖道を、桃香は懸命に走ってくるが、次第に道幅が狭くなってきた。

その桃香の姿を狙う鉄砲数丁の銃口が、森の藪からヌッと出てきた。それが、一斉に発砲した。

着弾を躱《かわ》すように逃げるが、一発がもろに足に受けてしまう。

「ううっ！」

よろめいた時、足下の崖縁が崩れた。桃香は被弾したため足を踏ん張れず、そのまま崖から、ずるずると転落してしまう。

役人たちが急いで崖縁に駆け寄ったが、桃香の姿はなかった。そこには荷物が散乱しており、手裏剣、撒《ま》き菱《びし》、鉤縄《かぎなわ》、火薬など、まるで忍び道具が入っていた。

「──比企《ひき》様、かような物が……」

手下に、比企と呼ばれた頭目格は、それを見ながら、

「やはり忍びか……ここが綾歌藩領ではないかなどと詳しい口振りだったが、公儀の手の者……諸国見廻り役の仲間かもしれぬな」

崖下を覗き込んでみたが、まさに千尋《せんじん》の谷である。

「ここから落ちれば、ひとたまりもないと思うが、念には念をだ。死体を探しておけ。それと、逃がした百姓女も捕まえろ」

見下ろす比企の足下から、ガラガラと石ころが転がっていった。

通称〝金毘羅湊〟は、丸亀《まるがめ》にある。

参拝者の多くは大坂湊から備前《びぜん》を経て、丸亀か多度津《たどつ》に至った。上方からの参詣客は丸亀湊、中国や九州からは多度津に着く。だが、この当時は、まだ丸亀湊は整備されておらず、天保《てんぽう》の時代を待たねばならない。

多度津もきちんと整備されるのは天保時代に下るが、古来より、湊町として栄えており、北前船の寄港地だった。ここから、讃岐名産の塩や砂糖、綿花という〝讃岐三白《さんぱく》〟などが上方や江戸に届けられたのだ。

今、造られている金毘羅街道、そして丸亀街道、高松街道、多度津街道、阿波《あわ》街道、土佐《とさ》街道などが交錯する所に金毘羅がある。いや、金毘羅があるから、街道が整備された。中でも、最寄りの湊から始まる丸亀街道が最も賑わっていた。

丸亀から金毘羅まではわずか三里だが、美しい石造の灯籠が並んでいる。その街道の途中にある店で、犬山勘兵衛《いぬやまかんべえ》と猿吉《さるきち》が、うどんを啜《すす》っていた。

「知ってるかい。讃岐うどんってなあ、弘法大師様が修行をした、遥か遠く中国の長安から持ち帰ったんだぜ……ずず……だから、四国八十八ヶ所に、うどん屋があるんだ……ずず……ほんと、美味《うま》いな、こりゃ……」

猿吉は音を立てて、啜った元禄《げんろく》時代、狩野休円清信《かのうきゅうえんきよのぶ》が描いた『金毘羅祭礼図《こんぴらさいれいず》』という屏風には、何軒かのうどん屋が描かれている。その絵を猿吉が見たわけではないが、「本当に絵のとおりだ」と自慢げに言っていた。

「それくらい、俺も知っておる。正徳《しょうとく》年間に出た『和漢三才図絵《わかんさんさいずえ》』には——諸国にみなこれがあるが、讃岐丸亀の産を最上とする。饅頭の如き色白し——みたいなことが書いてあった。質の良い麦が出来るからこそだ」

「それによ、やっぱり瀬戸内海の〝いりこ〟がいい出汁を出すんだろうなあ……ずずっ……そういや、古くから良い塩田もあって、すぐ近くの小豆島《しょうどしま》では上品な味わいの醤油が造られてる……ずずっ……至れり尽くせりだなあ、こりゃ……江戸っ子の蕎麦好きのおいらでも、こりゃ、たまんねえなあ」

そんな話をしていると、うどん屋の婆さんが、

「誉めてくれて、嬉しい限りですわい。この辺りは、小作地ばかりで、雨が少ないけんなあ、干魃《かんばつ》だらけじゃけん、米はろくに口に入らん。ほじゃけん、麦で作ったうどんは、うちらの宝物なんよ」

と嬉しそうに言いながら、茶を出した。

「いや、本当に美味い。お世辞抜きだ。もう一杯、お代わりしようかな」

「はいはい。何杯でも食べて下されや……そういや、今朝方も、若い娘さんが十杯くらいペロリと食べていきよった」

「若い娘……？」

「あんたさんら、江戸から来たんでしょ？　もし、犬山というお侍と猿吉という中間《ちゅうげん》が立ち寄ったら、先に金毘羅参りしとる、ちゅうとりましたが、お連れさんで？」

「そうです、そうです」

猿吉は思わず立ち上がって、

「どっち行きました？」

「ですから、金毘羅さんの方へ……でも、見送ったら、あっちの方へ行ってたなあ。隠居さん風のとおふたりで」

「──御隠居と一緒なら、安心か」

と座り直して、犬山にぶつくさと言った。

「まったく、あのお転婆。湊に着いたと思ったら、さっさと姿を晦《くら》ましやがって、何を考えてるのやら」

そんな話をしているときに、ご隠居姿の『雉屋《きじや》』福兵衛《ふくべえ》が、ぜえぜえと荒い息を吐きながら戻ってきた。

「あんたら、何を暢気《のんき》に……まだ食うておったのか」

「ご隠居。桃香と一緒じゃなかったんですか」

「それがな、どっかの山を廻って行くなどと言い出して、金毘羅とはあさっての方の山へ向かって走っていった」

「走って……」

「こっちは還暦を過ぎた年寄りだ。若い娘には追いつかぬわい」

ヘナヘナと座った福兵衛は、自分にも一杯うどんをくれと頼んだ。うどんは別腹というが、まことそうだなと三人は笑った。

「それにしても……妙だな……」

不意に犬山が不安そうな顔になった。

「なぜ、そんな山中に……まっすぐ綾歌城に行くか、さもなければ……そうか、もしかして、流人船のことよりも、真っ先に秋月兵庫殿を探しに行ったのかもしれぬな」

「え、誰、それ」

猿吉が訊くと、犬山は箸を置いて、

「おまえたちには話していなかったが、実はな……」

と諸国見廻り役が行方不明で、手下の方は死体であがったことを話した。

「なるほど。謎解きが大好きな桃香なら、そっちだな」

と猿吉はポンと手を叩いた。

「感心してる場合じゃないぞ。急いで探さねば、桃香の身に何か起こってはまずい」

犬山が言うと、福兵衛は運ばれてきたうどんを啜りながら頷いた。

「まったく、人騒がせなお姫様だ」

「しかし、江戸から船旅の途中、桃香は讃岐のことを話しておったが、見るからに田畑が少ない上に、水の利も悪そうだ。あちこちに溜池が広がっているが、それほど雨が少なく、河川にも恵まれておらぬということであろう」

改めて、犬山が周辺を見廻すと、「だから、なに」と猿吉が聞き返した。

「金毘羅宮を差配している寺社奉行・越智土佐守の話では、街道整備とともに、この辺りの灌漑用水を確保するために、網の目のように水路を作ることにしているそうだ。百姓のために急がねばならぬ事業のはずだが、遅々として進んでおらぬと、大岡様も言うておった」

「大変だろう、そんな普請は……」

「だが、本当なら、昨年末には出来上がってるはずだとか。長らく滞っておるのは、水源から田畑に至る所に、とてつもなく固い岩盤があって、狭い山地ゆえ迂回も出来ず、それを掘削するのに、時がかかっているらしい」

「だったら、仕方があるまいよ」

「他人事のように言うのだな、猿吉は」

「だって、俺は江戸っ子だもん」

「この美味いうどんも、水がなきゃできない」

「なるほど。桃香は、美味いうどんを作るために水源への探索を……どうりで十杯も食うはずだ、ずず……ほんと、美味え」

どこまで本気なのか冗談なのか分からぬ言い草で、猿吉はうどんを食べ続けた。

三

その頃、桃香は小さな山村にいた。今の琴平町《ことひらちょう》から、讃岐山地の北端にあたる満濃《まんのう》辺りである。

ここには、灌漑用の溜池として日本一を誇る満濃池がある。大宝《たいほう》年間（七〇一～七〇四）に、讃岐の国守・道守朝臣《みちもりあそん》が作った。その後、九世紀初頭の弘仁《こうにん》年間に決壊したが、弘法大師が築池別当として派遣されて、唐で学んだ土木学を生かし、周囲二里二十五町（約十・五八キロ）、面積八十一町歩（約八十一ヘクタール）の大きな溜池として改修した。朝廷から謝礼を貰った弘法大師は、池の畔に神野寺《かんのじ》を創建している。

この後、洪水などで決壊を繰り返したが、天正《てんしょう》十五年（一五八七）に讃岐国に入封した生駒親正《いこまちかまさ》という、信長と秀吉に仕えた武将が、家臣に命じて、大修復を始めた。それでも崩れるので、寛永《かんえい》五年（一六二八）に親正の孫・生駒高俊が西島八兵衛《にしじまはちべえ》に命じて再築した。そして、三郡四十六村の田を潤すほどの溜池にしたのである。

その村のひとつ、池内村《いけうちむら》の庄屋の家の一室で、寝かされていた桃香は、障子からの日差しと山鳥の声に気づいて、微かに目を開け、

「――ここは……？」

ゆっくりと起きあがって辺りを見廻すが、後頭部を押さえて、うっと表情が苦

痛に歪んだ。頭には包帯が巻かれてあり、着物も違うものに着替えさせられていた。

そのとき、中庭で野良仕事をしていた、三十絡みの男が気付いて、

「やっと気づいたかね……死んだように眠ってたぞ……あ、こりゃ譬《たと》えが悪いか」

と声をかけた。立派な体躯で、湛《たた》えている微笑みにも優しさが溢れていた。

「何処でしょう……私はどうして、ここに」

不安げな顔になって、桃香は訊いた。

「覚えとらんのかね。この先の谷の岩場に倒れてたのを、村の若い衆が見つけて、連れて来たんよ。崖から滑り落ちたみたいじゃが、あちこち、怪我《けが》をして、しばらくは動けんぞ、こりゃ」

足の怪我を治すために、薬草や毒消しなどを使って、昼夜を徹して、桃香を介抱していたのだ。

桃香は首を傾げて、男を凝視した。

「俺の名は、安兵衛《やすべえ》。この村の庄屋だ……体中、傷だらけじゃけんな、しばらく養生すりゃええ……」

安兵衛は疑うような目で見て、

「本当に覚えとらんのか？」

と訊くと、桃香はまた辛《つら》そうな顔で頭を抱えた。

「何があったか知んねえが……役人がうろうろしてた。どうやら、あんたのこと
を探してたみたいじゃが、可哀想なんで知らんことにしといた……」

「……」

「動けるようになったら、家まで送ってやっから……家は何処だ？」

桃香は分からず、首を横に振るだけであった。

その時、何処かから、女が悲しくてしくしく泣くような声が聞こえてきた。

「――あれは……？」

不思議そうに訊いた桃香に、安兵衛は答えた。

「川女郎の泣き声じゃわい」

「え……川女郎……」

「昔話じゃ。川女郎には赤ん坊がおってのう、川が穏やかなときはええんだが、
水が増えると赤ちゃんが流されると大声で泣くんじゃ……だから逆に、川女郎が
泣くと川が氾濫するという言い伝えがあってのう」

「……」

「女の泣き声のように聞こえるのは、ありゃ沢の音が変わったからでな、もしかしたら水が溢れるのかもしれん」

「沢が近いのですか……」

「いや、溜池があってのう。その一部が、時々、決壊することがある。そうなったら、村は水浸しじゃ。今は農閑期じゃからええけど、作物の収穫期なら、大わらわじゃ」

桃香は心配げな顔になったものの、安兵衛は微笑み返して、

「大丈夫じゃ。この程度の泣き声じゃ決壊はせんけん……それより、あんたは何処から来なさったんじゃ。名前は何だね」

と訊いた。

「それが……思い出せないんです……」

「えっ……？」

「私が誰なのか、どうして、ここにいるのか、何処へ行こうとしていたのか……」

安兵衛は側《そば》によって、額に手を当てたり、目を見たりしていたが、

「俺は以前、高松城下で医術も少々、学んでたんじゃが、〝物忘れ〟をした人も何度か見たことがある。直に治る者もおれば、ずっと忘れたままの人も……だが、見た感じでは、ほんの一時期のものと思われる」

「そうなのですか……」

「何かのキッカケがあれば戻る。知り合いに会うとか、懐かしい思い出に触れるとか……とにかく、安静にしとれ。それより、腹が減ったじゃろう。粥でも食うか」

板間の囲炉裏《いろり》の側に行き、自在鉤《じざいかぎ》に掛けてある鍋を覗《のぞ》き込んで掻き混ぜ始めた。

桃香は安兵衛の背中を見ながら、

「……奥様やお子さんはいないのですか」

「女房は病で死んだ……というか、病に罹《かか》ったけん、高松城下からこっちへ移ってきたんじゃがのう、死んでしもうて、図らずも庄屋にされてしまったから、ひとり暮らしだ」

「ひとり暮らし、ですか……」

「心配するな。若い娘だからって、何もしやせんよ」

苦笑した安兵衛はそう言いながら、化膿してはならぬと手足の傷を見直した。

その頃——綾歌城に、福兵衛は訪れていた。

この城は小高い所にあるが、高松城同様の平城で、尾根伝いにコの字型に建てられており、四隅に櫓が備えられていた。三層の天守に下の本丸、二ノ丸、三ノ丸と濠に近い方に広がっているが、小振りな城である。

もっとも、濠に面する石垣は、丸亀城のように、ほとんど垂直に高く積み上げられており、四隅の櫓ひとつひとつが天守のように見える。

——玉藻よし、讃岐の国は　国からか　見れども飽かぬ　神からか　ここだ貴き。

『万葉集』にある柿本人麻呂の歌である。

律令政治の時代には、条里制を敷かれた国で、荘園の開墾とともに国分寺や沢山の寺院が建造された由緒ある国柄だ。天霧山《あまぎりやま》、城山《きやま》、屋島《やしま》など天然の要塞や瀬戸内の湊、温暖な気候にも恵まれて、寛永年間にはすでに二十数万石の豊かさがあった。

天守に登らずとも、小高い本丸からは穏やかな塩飽諸島や燧灘《ひうちなだ》を見渡すことができる。特に夕景は海に映えて美しいと聞く。

何年かぶりに藩主の松平讃岐守に拝謁した福兵衛は感無量であった。

「殿には無事息災であらせられ、お目にかかれたことを、本当に嬉しゅうぞんじます」

丁寧に頭を下げると、床机に肘をついたままの讃岐守は、穏やかな細面を向けて、

「福兵衛も元気そうで何よりだ。見てのとおり、余は肘当てや杖がないとろくに動くこともできぬ。だが、まだなんとか生きておるのは、この讃岐の風土や気候が良いからであろう。のう、堀部」

陪席に座している国家老の堀部帯刀を見やった。聡明ながら恰幅のよい顔だちの堀部は、この地で暮らせば病も治りやすいのではと言った。心地よい潮風、優しい陽光が体を癒すのであろう。

「殿が毎日、話すのは江戸の桃太郎君……いや桃香姫のことです」

若君が女であるということを承知している唯一の家臣である。もちろん、久枝《ひさえ》と福兵衛も承知しているが。今は将軍吉宗と大岡越前、そして今般、旅の供をした、犬山勘兵衛と猿吉もその秘密を知っていることは、まだ讃岐守には伝えていない。

「その桃香姫のことですが……」

〝金毘羅湊〟に着いてから、ひとりでさっさと行っていなくなった旨を伝え、家中の者たちを探しに出して欲しいと、福兵衛は願った。吃驚《びっくり》した堀部はすぐさま、郡奉行などを呼びつけて、領内を調べるよう命じた。

「申し訳ございませぬ、殿様……随行している者も一生懸命、探しているところです」

福兵衛は平謝りだったが、讃岐守はさして気にしていない様子だった。

「おぬしのことだ。きっと、供の者以外にも、手下を付けておるのであろう。我が藩の目付役として、長年、苦労をかけたな」

逆に藩主の方が労《ねぎら》った。だが、『雉屋』がその任にあるのは、福兵衛までで、息子はふつうの商人として暮らしている。吉宗公による泰平の時代が広がったからだ。

「しかし、殿様……いくら泰平の世になっても、悪いことをする輩《やから》というのは、おるものでございます」

今般、桃香が国元に帰ってくる理由は、すでに伝令しているが、福兵衛は一抹の不安を感じていると話した。

流人船から囚人がいなくなったことや、金毘羅街道の普請に加えて、綾歌藩存亡に関わる謀《はかりごと》があるのではないかと、福兵衛は疑っているのである。

「子細を申してみよ」

「はい……老中の小笠原飛騨守様は、これまでも幾つかの小藩潰しを断行してきました。財政難を改善するため、天領を増やしたいからです。概ね、無理難題を強いて、それに失敗したことを理由にして、御家断絶に追い込むという手段でした」

「よく、あることじゃ。だが、綾歌藩ならば、桃太郎が女であることとバレただけで、我が松平家と綾歌藩は消えるであろう。御家門の高松藩に吸収される話も出ておった」

「桃太郎君が、桃香姫であることは案ずることはありませぬ」

「なぜじゃ」

「実は、上様は……桃香様が女であることは、存じ上げております」

「なんと――！」

讃岐守と同時に、堀部も吃驚仰天したが、俄《にわか》には信じられないと首を横に振った。

「ま、色々とありまして……上様と殿のご正室様は従兄弟の関係にありますし、上様に関わる事件なども手伝ったりした経緯もありますので、今のところは〝大目に〟見てくれております」

「——そ、そうなのか……」

「ですから、上様が綾歌藩を潰そうとはしておりませぬ。が、小笠原様に限らず、他の老中たちも廃藩を増やそうと目論《もくろ》んでいる節はあります。此度《こたび》、国元にて、行方不明になった咎人探しや、金毘羅街道遅延に纏《まつ》わるのが、綾歌藩領民のせいだということを明らかにすることで、〝因縁〟をつけようとしているのではないか……と私は睨んでおります」

「ふむ……」

「むろん、私の杞憂であればよいのですが、何やら焦臭《きなくさ》いものを感じております」

福兵衛が自説を述べると、讃岐守は信頼し尽くしている顔で、

「相分かった。こっちでも藩を上げて探索をしてみよう」

と頷くと、堀部にも緊張が走った。

四

鬱蒼とした山の隘路に、

『街道並びに水路普請につき、此処より立ち入るべからず。公儀寺社奉行・越智土佐守、綾歌藩郡奉行・吉川英之輔《よしかわえいのすけ》』

という高札が立っており、二間程の高さの木柵が張り巡らされている。その手前には、逆茂木《さかもぎ》も組まれており、まるで戦国の砦か山城のようであった。

その一角の木柵の内側から、這い上がってくる若い男がいた。粗末な着物で、体中、泥だらけの上に、手足は酷い傷だらけである。懸命に駆け上って、さらに逆茂木に裾を搦めながらも、引き破って必死に乗り越えてきた。

「こんな所で、くたばってたまるか……こんちくしょう……」

地面に飛び降りた若い男は勢い余って転がったが、そのまま雑木林の方へ逃げ出した。すると、背後から、

「逃げたぞ！」「向こうだ」「追え、追え！　取り押さえろ！」

などと役人たちの声がした。堅牢な門があるが、その潜《くぐ》り戸から、数人の役人

が飛び出してきて、山道の方へ追った。

こけつまろびつ死に物狂いで逃げる若い男は、峠道に出ると人にぶつかりそうになった。こんな山道で人に会うとは思ってなかったのか、「ひええ！　猪だあ！」と悲痛な声を上げて頭を抱えた。

「おい。なんだ、おまえは」

若い男の丸まった背中を叩いたのは――猿吉であった。その後ろに、犬山もいる。

「猪じゃねえ。俺は猿だ。猿吉」

ゆっくり顔を上げると、若い男は安堵したように頷くと、震える体を自分で押さえながら、山道を下って行こうとした。

「何をしてんだ、こんな所で」

猿吉が腕を摑むと、若い男は必死に振り払おうとした。

「は、放せ……おまえたちも見張り役か」

「通りがかりの者だ。この先では、水路を作る普請をしていると聞いたのだが」

「……」

「硬い岩盤にぶつかって、なかなか進められないらしいな」

「し、知るけえ……！」

必死に逃げ出そうとする若い男を、妙だと思った犬山も行く手を阻んだ。その時、鬱蒼とした山道の方から、

「いたぞ！　菊三《きくぞう》がいたぞ！」

と役人たちの声がした。

菊三と呼ばれた若い男は、思わず犬山の背後に隠れて、

「あいつら、綾歌藩の役人だなんて嘘だ。本当は公儀の役人だってえが、それも怪しい。役人の格好はしてるが、何処のならず者か分かったもんじゃねえ」

と早口で言った。

駆け付けてきた数人の役人も、猿吉と犬山の姿に驚いたが、手にしていた六尺棒を突きつけた。その頭目格は、桃香を襲った役人と同じ、比企である。

「その男を渡して貰おう」

「一体、何をしたのだ、こいつは」

犬山が訊くと、比企は面倒臭そうな顔つきになって、

「おまえたちとは関わりない」

「いや、あるのだ。ここで知り合ったのでな」

「ふざけたことを……我らは公儀役人だ。邪魔立てすると、おまえたちも……」

「俺たちも公儀役人だ」

相手を遮るように犬山が言うと、比企はムキになって前に踏み出た。

「ほう。何処の誰兵衛だ」

「諸国見廻り役、犬山勘兵衛……同僚の秋月兵庫という者を探しに来た。おぬしも公儀の者ならば、知らぬか」

「――知らぬ……ここから先は入ってはならぬ」

「水路普請をしているのではないのか」

「そうだ」

「ならば見せて貰おう。水路が遅々として進まぬから様子を見てこいと、老中・小笠原飛騨守からの命令でな。案内してくれ」

「信じられぬな。さような話は聞いておらぬ」

「おまえ……本当に公儀の役人か？」

訝しんで犬山が問い質《ただ》すと、後ろにいる役人たちはどことなく、そわしわし始めた。それをチラリと見やって、

「そもそも、この辺りは綾歌藩の領地のはずだが……何故、公儀の者が」

「この一体は、金毘羅宮が公儀から賜っている御料地である。ゆえに差配は、寺社奉行の越智土佐守がなさっておるのだ」

「寺社奉行、越智土佐守……」

犬山は、比企を探るように見据えて、

「ならば、尚更、見せて貰わねばならぬな。その越智様からは、水路ではなく街道だと聞いておったがな」

「おまえが水路だと言うたではないか」

「地元に来てみたら、水路だと噂を聞いた……いずれにせよ、硬い岩盤があるから掘り進めない。そして、綾歌藩の領民が邪魔をしているからできない。越智土佐守はそのように言うたと聞いておる」

「……」

「それを確かめに来たのだ。丁度良い、案内せい」

「出来ぬな。とにかく、その男……菊三を返して貰おうか」

「やはり隠したい何かがあるのだな。天下の往来だ。勝手に行かせて貰うぞ」

役人を押し退けて行こうとすると、比企は六尺棒を投げつけた。犬山が避けた隙に、抜刀して斬りかかった。他の役人たちも刀を抜いて躍りかかったが、犬山は容易に避け、拳で殴りつけた。

「おまえらは、どう見ても侍ではない。地廻りとも違うようだが……一体、何者なのだ。誰に雇われて、何をしてるのだ」

「うるせえ！」

比企がさらに斬りかかってくる。犬山はスッと躱《かわ》して、素早く抜刀して腕ごと、刀を切り落とした。

「う、うわあ！」

悲鳴を上げながら山道を転がる比企の姿を見て、他の役人たちも大声を発しながら来た道を駆け戻った。

「すまぬな。手元が狂って、腕を斬ってしまった。だが、おまえがかかって来たのだからな、自業自得と諦めろ」

「ひ、ひえぇ……た、助けてくれ……」

比企は地面に転がりながら、必死に喚《わめ》いていた。それを見ながら後退りをした菊三も、その場から逃げようとしたが、猿吉ががっちり摑んで放さなかった。

「おまえさんも何か事情を知ってるだろ。話して貰えないかな」

満濃池近くの池内村では——。

　桃香が懸命に歩こうとしていた。その快復振りを、安兵衛は驚いて見ていた。若いとはいえ、体と意志の強さに感服した。

「おまえさん、ただの娘ではなかろう……失礼だが、傷を治すのに裸にした。湯水できれいに洗って、酒で消毒をせねばならなかったからな……まるで男のように鍛えた体つきだった」

　そう言われて、桃香は恥ずかしそうに首を竦《すく》めた。安兵衛は平気な顔で、

「医者だったからな。女の裸なんぞ見慣れておる。何とも思わん」

　少し乱れている髪を梳《す》いてやり、朱色の櫛《くし》で止めてやった。

「——女……そうか、私は女だった……」

　ぽつりと言って、櫛に手を添える桃香を、安兵衛は不思議そうに見やって、

「男か女かも分からぬのか。ああ、おまえは正真正銘の女だ」

　と苦笑した。

「奥様の病を治すために、高松城下からここに来たと話してくれましたが、奥様が亡くなっても、どうしてここに？」

「住み着いているのか、ってか。そうだな……気に入ったからだとしか言いよう

がない。人には自分に相応《ふさわ》しい生き場所があるのであろう。あの桜の木だって、ずっとこの村にある。そして、咲くべき時にだけ花を咲かせる」

今は冬だから気が付かなかったが、満濃池の周辺には桜の木がずらりと並んでいる。春になれば満開となり、それが散ると池には花筏《はないかだ》が広がるに違いない。

「俺は若い頃、ある西国の小さな藩に仕えていた。つまらぬ藩のゴタゴタに巻き込まれて嫌になり、武士を捨てた。諸国を遍歴……と言えば格好いいが、放浪をしているうちに、ある儒医《じゅい》に出会って、四書五経と医学を学んだ」

「儒医……儒学者でありながら、医者である人のことですね。心身ともに人を治す」

「よく分かっておるな。少しずつ話していれば、自分が誰かも思い出すであろう」

「あなたも儒医なのですね……」

「それほどの者ではない。俺はただ晴耕雨読の暮らしをしたくて、ここに来ただけだ」

本来、世話好きだったようで、医学や農学の知識もあるから信頼され、村の人々に好かれ、庄屋を任されているのだろうと、桃香は勝手に思った。

そこに、村の若い衆が数人、菜の物や雑穀、干し魚などを入れた籠を抱えて、やってきた。村女の姿もある。

「あんら、先生。またえらい別嬪《べっぴん》さんを、隅に置けないねえ」

村女のお富《とみ》が言うと、若い衆の良吉《よしきち》たちもからかうように笑った。

「そりゃそうだ。先生は女と芋には目がねえんだ。だよな、先生。どっちも、ほくほくしてるのがええってよ」

「いつも、やかましいなあ」

そう言いながら、まんざらでもない顔で、安兵衛は遠慮無く差し入れを受け取った。だが、若い衆たちは少し真面目な雰囲気になり、

「先生……俺たちゃ、もう我慢ができん」

「ああ、黙っちゃおられんわい」

「明日にでも決行するけんな。このまんまじゃ、この辺りの村が、ぜんぶ壊される」

「あいつら、溜池のことなんか、どうでもええって思とるのよ」

などと不穏な雰囲気に一変した。余所者の桃香を見て、声をひそめたが、緊迫した空気が漂っている。

「――何か、あったのですか？　穏やかそうな村ですが」

桃香が尋ねた。すぐに首を突っ込みたくなる性分は隠せないようだ。記憶を失っていることを、安兵衛は説明したが、それが却《かえ》って若い衆たちの疑念となった。

「もしかして……あいつらの密偵か何かじゃ……そういや、お里《さと》と入れ替わりに、村に現れるなんて、変じゃねえか」

若い衆のひとりが言うと、

「お里……」

と桃香は聞き返した。若い衆の別の者が、思わず喋《しゃべ》った。

「うちの村の娘で、高松まで目安箱に訴え状を持って行ったまま、まだ帰って来ないんだ。だから、ひとりで行かせちゃまずいって」

「おまえたち、そんなことをしたのか」

安兵衛が訊き返した。若い衆のひとりが、埒《らち》がないから仕方がないと言った。

「ここは本来、綾歌藩の領地じゃけど、金毘羅があることをいいことに、幕府の寺社奉行が乗り出してきとるんよ」

だから、徳川御一門の高松藩に間に入って貰えれば、善処してくれるのではないかと思ったというのだ。

「気持ちは分かるが、却って相手を逆撫でするかもしれぬし、高松藩が動いてくれるかどうかは分からぬ」

「そういや、安兵衛さんは、高松藩の御殿医《ごてんい》をしてましたよね」

「御殿医ではない。ただの町医者だ……何より、下手に動けば、みんなが危ない……その高松藩とも、寺社奉行の越智土佐守は繋がっており、お墨付きを貰ってるからな」

「だったら、俺たちゃ、どうすれば……」

揉めているのを見ていた桃香は、少し何かを思い出したのか、

「高松藩……綾歌藩……一体、何が問題なのですか、今の話は」

と訊いた。

安兵衛は村人の顔を見廻しながら、

「俺たちは、公儀の金毘羅街道の普請にずっと反対をしているのだ。そりゃ、旅人が便利になるのはいいが、街道は他にもある。第一、街道普請によって、地中の水脈が壊され、村の飲み水や田畑耕作のための利水が悪くなるかもしれない」

「水……のことが、問題なのですね」

「見てのとおり、讃岐にはこの満濃池のような溜池が大小、いくつもある。そも

そも、雨が少ないし、溜池が干上がれば、作物は育たず、深刻なことになる。だから、山から流れてくる川から引いたり、地下水を汲《く》み上げたり、井戸を掘削することの方が大切なんだ」

安兵衛は切実な様子で言った。讃岐の土地柄、水不足は昔からのことだが、自然には勝てず、深刻の度合いが年々、増しているという。

名物のうどんも、米作が乏しいので、保存食のために作られたのが始まりだ。戦国時代は兵糧飯の代わりにされていた。だが、そのうどんも水がなければ作れないし、食べられない。どうしても水脈確保は、大きな課題なのである。

にも拘わらず、村の男衆の多くが街道普請に、無理矢理、駆り出されている。連れ戻さなければ、農作業ができないという現実もある。村人はそれを怒っているのだ。

「実は、これまでも、俺は旧知の藩士に頼んで、高松藩に窮状を訴えてた。ところが、『公儀普請に楯突く者は極刑に処す』などと、理不尽極まりない返答をしてきた……だから、みんな、目安箱は無駄なのだ」

と安兵衛が批判めいたことを言ったとき、桃香が毅然と言った。

「無駄ではありません。江戸の目安箱に届けましょう。上様は、困った民百姓を救うのが公儀の務めだと言うておられます」

「——そうなのか……というより、おまえさんは、何か思い出したのか？」

「いいえ。でも、上様のことは聞いたことがあるような……」

「そんな雲上人など、相手にしてくれまいよ。綾歌の殿様ですら、知らん顔だ」

「綾歌の殿様……」

桃香はその言葉に、頭がズキンと痛んだ。

そのとき——。

役人が数人、ドッと乗り込んできて、

「やはり、その女を隠しておったか、安兵衛……かようなことは、ためにならぬぞ。おまえらもだ、女房子供死ぬぞ」

と槍《やり》を突きつけた。

五

良吉たち若い衆は、今の今まで強がっていたが、役人たちに槍を向けられると、押し黙ってしまった。そして、安兵衛に対して、

「その娘を渡せば済む話だろう……そりゃ、庄屋さんは恩人だけんど、役人に睨まれてしまったら、俺たちも普請場送りだ」

「ああ、余所者のために、義理立てすることはねえよ」

お富もそう言った。普請場に強引に連れて行かれた亭主のことを考えてのことだ。誰もみな、我が身は可愛いし、親兄弟や子供たちのことが心配なのだ。

俄に揉めた村人たちから離れるように、桃香は縁台から立ち上がった。

「迷惑をおかけしたのはお詫びします。でも、安兵衛さんが村のために一生懸命になってるのに、どうして皆さんは黙っているのですか。なぜ、一緒に闘おうとしないのですか。さっきまでの気概はどうしたのですか。旦那さんのためでしょ。子供たちのためでしょ！　こんな槍の一本や二本に、なぜ怯《おび》えるのです！　私なら……私なら、旦那さんや父親のために闘う。この命を賭けても！」

思いがけない強い桃香の言葉に、良吉たちは一言も返せなかった。だが、安兵衛は静かに、桃香に言った。

「大丈夫だ……村のことは、村の者たちで解決する」

だが、桃香の前に、役人たちがズラリと並んで、槍を突きつけてくるので、安兵衛は怒鳴りつけた。

「幾ら役人でも乱暴狼藉が過ぎないか」

「黙れ浪人！　池内村には誰も入れてはならぬ。誰も出してはならぬ。これは公儀寺社奉行様より下達された天下の御定法だ」

「天下のだと？」

「さよう。池内村の水路と街道は、御公儀による天下の普請だ。つまりは幕府を挙げての事業。それを全うするための御定法だ。その法を破る村人は謀反人も同然だ」

役人たちが弓矢を向けると、安兵衛が桃香を庇って立ち、相手を睨みつけた。

そのとき——。

満濃池を見下ろす坂道から下りてくる人影が見えた。

「おおい！」

手を振りながら駆けてくるのは、猿吉であった。その後ろからは、菊三と大怪我をした比企、そして犬山の姿もあった。

どうやら、医学の心得のある庄屋があると知って、山を下ってきたようだった。

役人たちは、腕を切り落とされている比企の姿を見て、狼狽した。

「ひ、比企様……」

手下のひとりが駆け寄ろうとしたが、あまりにも悲惨な姿に尻込みした。状況を瞬時に察した犬山は、目にも止まらぬ速さで抜刀するや、役人の槍の柄をスパッスパッと三本程、鮮やかに切った。

「次は、首にするかな」

犬山がギロリと睨むと、役人たちはこけつまろびつ逃げ出した。

この庄屋屋敷で――。

桃香の姿を見た猿吉と犬山は、十年ぶりに邂逅《かいこう》した昔馴染みのように、大喜びをした。だが、桃香の方は、二人から離れるように歩きながら、訝しげにしている。

「心配してたんだぞ、おい。福兵衛さんも、おまえに何かあったら、首を括《くく》らねばならぬと大騒ぎだったんだぞ」

「――この娘を、知ってるのか」

安兵衛が不思議そうに訊くと、犬山が答えた。

「ああ、旅の連れでな。はぐれていたのだ」

「本当に……？」

疑り深い目になる安兵衛に、猿吉は言った。

「桃香という娘だ。でも、本当に無事で良かった」

「無事でもない……」

「え……？」

「崖から落っこちて、頭を強く打ったらしく、自分が誰かも分からないようで……」

猿吉は不安げな表情になって、逃げるように歩く桃香を追いかけた。

「待てよ……」

「……あなた様は？」

「猿吉だ。向こうにいるのは、犬山勘兵衛……本当に分からないのか」

ふざけた仕草を猿吉がしても、桃香にはいつもの反応がない。

「──ま、無事でよかったけどよ……本当に記憶をなくしたようだな……体もかなり怪我をしてるみてえだが」

「はい。どこかで足をひねったようで……でも、それより自分が誰か分からない事の方が……」

「心配するねえ。また頭を打ちゃ、思い出すかもしれねえしよ」

猿吉が言うと、犬山も声をかけたが、桃香は何も分からなかった。

自分が誰だかも分からぬ〝物忘れ〟に陥っている——と、安兵衛から聞いたふたりは、衝撃を受けた。安兵衛は、ふたりの旅の連れだと知って、少し安堵したようだったが、桃香は不審な顔のままだった。

「そんな……なんで、こんな目に……」

猿吉の問いかけに、安兵衛は推察を加えて答えた。

「落ちていた崖の上は、新しい金毘羅街道を作ろうとしている所……もっとも、俺たちにとっては水路にしたい所だがな」

「そこから、なんで……」

「分からぬ。だが、荷物がないところを見ると、そこの役人に襲われたのかもしれぬ」

冗談半分で、安兵衛は肘から下を切り落とされて騒いでいる比企の肩を叩いた。その手当てをしながら、

「こいつも、その仲間だ。公儀役人なんぞと名乗っているが、元々は高松城下で暴れていたならず者だ」

「いてて、早くなんとかしろい、藪医者」

「藪で悪かったな。ならば、放っておくか。傷口に蛆《うじ》が湧いてきて、体全体が腐

る。ま、あんたは性根が腐ってるから、丁度いいかもしれないがな」

安兵衛の言葉に、庭から見ていた若い衆たちも小馬鹿にしたように笑った。

そんな安兵衛を、桃香はじっと見ていた。自分の痛みで周りが見えていなかった比企は、初めて、その視線に気付いた。着物が地味なものに変わっているが、桃香の顔を見て、「ひえっ」と声を上げた。

「どうした。化け物にでも見えたか」

「い、生きてたのか……」

思わず洩らした比企の言葉に勘づいたのか、安兵衛が傷口をぐいと押さえて、

「もしかして、おまえが落としたのか、この娘さんを」

「……」

「おまえの手下が探しに来たが、俺は隠してたんだ。なぜ、そんなことをした」

安兵衛はさらに傷口を強く押さえると、比企は悲鳴を上げて、勘弁しろと泣いた。

「やめろ……お、俺は命じられたから、やってるだけだ。誰も普請場に近づけちゃならねえって、だから、あ、イタタタ」

情けない声で嘆く比企を見て、犬山もなるほどと頷いた。

「――桃香が調べに行こうとしたのを、こいつらに邪魔されたか。さっきの奴らも、役人ではなく、ただの雇われ者ということか」

「だな……じゃ、おまえは、そこで何をしてたんだ」

猿吉は、菊三の方に問いかけた。

「お、俺は……ただ、無理矢理、普請場に連れて行かれただけだ」

「何処の村からだ」

「――それは、ちょっと……」

言い淀む菊三を見て、村の若い衆はこの辺りでは見かけない顔だと言った。

「言えよ。何処から来たんだ。逃げようとしたのは、家に帰るためじゃねえのか」

猿吉がさらに手を引っ張ると、袖がめくれて二の腕に入れ墨があるのが見えた。二本の筋が入っている。

「!?――おまえ……前科があるのか……待てよ……こりゃ島流しになる奴に入れられるものだ……あっ、もしやてめえ！」

菊三の腕を捻《ひね》り上げて、猿吉は責めた。

「おまえは、流人船で〝鬼ヶ島〟送りになってた奴じゃねえのか？」

「いや、それは……」

また逃げようとする菊三を、猿吉はしっかりと捕まえて、

「あったことを正直に話しな。そしたら、島流しはなしになるかもしれねえぜ」

「なんだと……おまえさん方は一体……」

不安げな顔になる菊三の前に、犬山が立った。

「諸国見廻り役だ。消えた流人船のことも調べておる」

「……」

「菊三とやら。知っていることを話せ」

「——俺は……何も分からんよ……大人しく大坂から流人船に乗せられて、小豆島辺りまで来たときに、なぜか鶴島には向かわず、多度津に連れてこられたんだ」

「流人船が襲われたのではないのか」

「違いやす……船の中で、役人に『〝鬼ヶ島〟に行ったところで、どうせ何もすることはない。逃がしてやった上で、金をやるから、俺たちの言うことを聞け』そう言われたから、従っただけだ」

金毘羅街道作りの人足にするために、役人に連れて来られたというのだ。

「流人は三十人ばかりだったが、色々な村から若い男らが、大勢、集められてた……けど、やらされたのは街道普請じゃなくて、隧道《ずいどう》掘りだったんだ」

「隧道……」

「ああ。役人は隧道を通して、この向こうの村とを繋ぐって話してたけど、そうじゃねえ、きっと金山か銀山の坑道に違いねえ」

「金山……」

「ああ、隠し掘りだ。俺は昔、水替人足として、佐渡金山送りにされたことがあってな、だから、すぐに分かったんだ」

「ほう。佐渡金山に水替人足としてな……」

犬山は鋭く睨みつけてから、

「それで、使い捨てにされると思って、逃げ出したのだな」

「俺はもう二年近く、穴蔵で暮らしてるんだ。頭がおかしくならあな。これなら、島流しの方がよっぽどいい。島の者に迷惑さえかけなきゃ、好き勝手に暮らせるからな」

「なるほど。だが、虫のいいことを考えても無駄だな。おまえは、もう一度、島流しになるだけだ」

「なんだと！　話が違うじゃねえか！」

抗《あらが》おうとするのを、猿吉が取り押さえて、縛りつけると、犬山は傷の手当てを受けている比企に向かって、

「おまえたちが、流人船から人集めをしてたってわけだな」

「──知るけえ……」

「まあ、いい。どうせ、おまえも使い捨てってことだろうからな」

犬山は吐き捨てるように言って、安兵衛に向き直った。

「大体、話は見えてきた。この村から連れ去られた者たちも含めて、必ず助けてやる」

「本当か……だが相手は……」

「案ずるな。その前に、庄屋で医者のおまえさんに手助けして貰いたい」

桃香を指して、犬山は頼んだ。

「その娘を、綾歌城まで連れて行って貰いたい。国家老の堀部帯刀様、もしくはそこに逗留している『雉屋』福兵衛に渡して戴きたいのだ」

「何故です」

「綾歌藩ゆかりの姫様じゃ」

「えっ……姫様……」

「うむ。今は詳しくは言えぬが、おぬしが助けてくれたこと、そこな猿吉も同行させて伝えさせるゆえ、褒美を貰うがよい」

「褒美が欲しくて助けたのではない」

「まあ、そう言わず、よしなに頼む。俺は今すぐにでも、この山の上の金山とやらに出向いて、攫われた人々を救いたいのだ」

半ば強引に犬山が言うと、桃香が痛々しい体で立ち上がりながら、

「嫌です。私はここにいます」

「桃香……桃香姫……」

「自分の名前も分かりました。でも、私にとって、あなた方ふたりは見ず知らずの人。今、信じられるのは、この身を助けてくれた安兵衛さんだけです」

綾歌藩に連れて行かれてどうなるのか分からないから、桃香は不安なのだ。全てを話すわけにはいかぬが、犬山は鼻白んで、

「まったく、〝物忘れ〟になっても、我が強いのは変わらぬのだな」

と皮肉っぽく言うと、桃香は突然、違う話を始めた。

「思い出したことがあります。満濃池のような池は、この辺りに衣掛《こかけ》池、関ノ池、

大池などがあるはず。高松藩主の生駒親正公が、讃岐の名主たちに命じて、懸命に行ったことなのです」

「……よく、ご存じで」

安兵衛はじっと見つめていた。記憶を手繰り寄せることで、全てを思い出すことがあるからだ。

「高松藩四代藩主の生駒高俊《たかとし》公の外祖父は、かの藤堂高虎《とうどうたかとら》様。その頃は、伊勢国の津藩主だったはずですが、藤堂様は自分の家臣で農政に優れた……たしか西島八兵衛という人に、沢山の溜池を讃岐に作らせたのです」

「ああ、そのとおりだ……」

「寛永年間から、下津平左衛門《しもつへいざえもん》、福家七郎右衛門《ふけしちろうえもん》らを普請奉行に任じて、その満濃池を作って、この讃岐の六分の一くらいの村々に水を施すことができた。その他にも、川田池、山大寺池《やまだいじ》、三谷池、神内池、竜満池……九十余りの溜池を作った功労者。干魃は免れたんです」

「──いや、驚いた……〝物忘れ〟になっても、そこまで詳細に覚えているとは……」

安兵衛は深く感心して、桃香を見た。

「実は、西島八兵衛は、俺の母方の曾祖父にあたるのでな……自分も役に立ちたいという思いでここに来たのだ」

「そうでしたか……」

「ところで、本当に不思議な姫様だ。そこまで知っているとは、やはり綾歌藩に関わりあるだろうから、俺がお供をして……」

「いいえ。私が決着を付けなければならない。そんな気がしてきました」

桃香は気丈に比企を睨みつけ、強い口調で訊いた。

「あなたが私を襲った理由は、今、この者たちが話していたとおりですか。つまり、表向きは街道普請を装い、金山の隠し掘りをしているのですね」

「あ、ああ……そうだよ……それ以上のことは、俺たちだって知らねえ……」

気押されて比企は素直に頷いた。

「分かりました。では、この目で確かめ、何か不正があれば、正すとしましょう」

毅然と言う桃香を見て、犬山と猿吉は溜息混じりで、

「いきなり姫様気取りになったよ」

「だな……」

と困惑したように顔を見合わせた。

いずれにせよ、〝鬼退治〟に向かう気概は満々で、安兵衛が止めるのも聞かず、自らまた山道へ登ろうとするのだった。体はきついはずだが、医者も驚くほどの驚異的な回復力であった。

「まじかよ、桃香姫……俺たちに任せておけってのによ」

猿吉が追いかけると、犬山も仕方なく、〝咎人〟ふたりを庄屋で捕らえておけと命じてから、後を追うのだった。

六

夕暮れ迫る山道を、足を引きずるように、桃香が登ってきた。

時折、樹木が風に揺れ、下草に獣が走るような音がする。雉のような甲高い鳥の声が飛び回り、冬だというのに蝙蝠《こうもり》も怪しげに飛んでいた。

行く手には、高い木柵とガッチリと逆茂木が組まれた一角があり、門前には屈強な武装した番人が目を光らせている。

逆茂木の中には、櫓を組んだ見張り台があり、やはり役人らしき者たちが槍や鉄砲を抱えて、物々しく警戒していた。

「なるほど、ここか……」

桃香の後ろから来た犬山の目が険しくなった。猿吉も真剣なまなざしになって、

「こりゃ、街道とは関わりねえな。ここは、やはり元々は水路作りの普請場かもしれねえな。その途中で、ぶち当たった岩盤ってのは嘘で、金山の露頭でも見つけて、密かに掘ることにしたんだろうよ」

少し離れた高台の藪の中から、三人が見ていると、敷地内には明らかに天井や柱、杭などで固められた坑道があり、人足たちが交替で休むであろう粗末な小屋もあった。

「警戒が厳しいな……夜になっても忍び込むことなんざ、できなさそうだ……流人船の咎人や村から集められた男たちは、夜昼なく何日も牛馬の如く働かされ……鰻の寝床に何年も寝泊まりさせられてるのかな……」

「自分の村に戻ることすらできないようだな……」

鉱山の斜坑入口は木枠で固められており、その奥には洞窟のような穴があり、モッコを背負った男たちが出入りしている。モッコには鉱石が山のように入っており、誰もみな全身泥だらけだった。

足がもつれて倒れた者には、容赦なく見張り番が笞《むち》で叩きつけている。男たちはまるで亡霊のような精気のなさで、言われるままに鉱石を運んでいた。

「間違いありませんね……ここは街道でも水路でもなく、金鉱です」

桃香は断言すると、他のふたりを差し置いて、門前まで近づきながら、大声を張り上げた。「おいおい」と文句を言いながらも、犬山と猿吉も追いかけた。

「ここは金山ですね。誰に断って、掘削をしているのですか」

その声に驚いた番人が槍や鉄砲を向けて、桃香に駆け寄った。

「女。近づいてはならぬ。帰れ！」

「私は、ここの役人と名乗るならず者に殺されそうになりました。この金山を差配している人を出して下さい」

凛とした桃香の声は、山間に響いた。

見上げると遠くの山の峰々には、うっすらと雪がかかっており、夕映えが広がってきた。以前に見た風景に似ている。

桃香に微かな記憶が蘇ったような気がしたが、まだハッキリとはしない。

「ここは金山ではない。立ち去れい」

門番が槍の穂先を桃香に突きつけたが、横合いから犬山が柄を摑んで捻り上げた。その勢いで門番が倒れると、別の者が今度は鉄砲で撃とうとした。が、猿吉が石を投げて、怯んだ瞬間に、鉄砲を取り上げた。

「おいおい。来客にいきなり槍や鉄砲を見舞うとは、やはり怪しいな。隠し掘りに間違いねえやな、だろうが」

猿吉が啖呵《たんか》を切るように言うと、役人たちがドッと現れた。犬山はズイと前に出て、

「比企がすべて話した。おまえたちは役人ではないと。それと、菊三という咎人も、本当のことを喋った。何故、隠さなければならないのだ。堂々と掘ればいいではないか。察するに、公儀に知られてはまずいからか」

「黙れ――」

柵の奥から、眼光鋭いひとりの男が出てきた。黒羽織に袴《はかま》姿で、手には馬を打つ笞を持っており、ブンと振り鳴らした。

「そこの木札が見えぬのか。金山などではない。立ち去るがよい」

「ここには、綾歌藩郡奉行・吉川英之輔……と記されているが、天領なのか綾歌藩領なのか、はっきりして貰おうか」

「おまえたちに話すことはない。立ち去らねば……」

「殺すってか、結構じゃねえか。やってみな、このすっとこどっこいの唐変木」

猿吉が挑発したが、相手は乗らなかった。冷ややかに帰れと言っただけだ。

「なるほど、おまえが郡奉行の吉川英之輔なのだな」

「さよう……」

「ならば話が早い。綾歌藩藩主の松平讃岐守様は、公儀に金山のことを届けておらぬ。藩主が自ら隠しているというのか」

「――金山ではない、と言うておろう」

「それは通じぬ。ここから見ても、明らかに鉱石を掘り出していることは明白。ただの隧道掘りだと言うなら、検分させせよ」

「検分だと……？」

犬山は懐から、「下」と記された封書を出して見せた。

「上様直々の御下問書である」

「う、上様の……」

「それがし老中支配、諸国見廻り役・犬山勘兵衛……秋月兵庫についても聞きたい」

迫る犬山の顔を凝視していた吉川は、困ったように顔を伏せていた。が、柵越しに手渡された封書を開けて見て、しばらく佇《たたず》んでいたが、仕方がないと頷いた。

「やむを得ませぬな……どうぞ、中へお入り下さいまし」

丁寧な言葉遣いに変わり、犬山と猿吉、そして桃香が警戒をしながら入った。

途端──門扉が閉められ、敷地内に閉じこめられることとなった。犬山も猿吉も想定していたことゆえ、驚かなかった。桃香もなぜか不思議と怖くなかった。怒りの方が大きかったからである。

「何様か知らぬが、かような御下問書など、ここでは意味がない……そもそも、おまえは本当に諸国見廻り役なのか」

底意地が悪そうな目で、吉川は三人を睨みつけた。

猿吉が一歩前に踏み出て、

「さてもさても、綾歌藩といえば、名君・松平讃岐守様の御支配で、上様とはご親戚に当たるにも拘わらず、かようなならず者同然の家臣がいたとは、こりゃ畏れ入りやした」

と猿真似踊りをしながら、からかった。が、吉川は吐き捨てるように、

「ふん。愚か者めが。諸国見廻り役なんぞというのは大嘘。一体、何者だ」

「悪いが本当だ。そこに記しているのは、まこと上様ご自身で書かれたものだ。

花押もあり、三つ葉葵の家紋もあろう」

犬山が迫ると、吉川はまだほくそ笑んでおり、一方へ深々と頭を下げると、薄暗くなって掲げられた松明の向こうから、やはり羽織袴の侍が歩いてきた。

松明に浮かんだその顔は——寺社奉行・越智土佐守であった。

「越智土佐守……」

犬山は口の中で呟《つぶや》いた。ゆっくりと近づいてきた越智は、表情を変えぬまま、

「諸国見廻りに、犬山勘兵衛などという者はおらぬぞ」

と言った。

「ほう……寺社奉行の越智土佐守が、我らよりも早く、ここまで来ていたとは、よほど疚《やま》しいことがあるようだな」

「儂《わし》の顔を知っておるのか」

「はい。腹黒い奴だと幕閣内でも評判でございます。老中の小笠原飛驒守が、わざわざあの場で、流人船のことだけではなく、金毘羅街道のことを持ち出したのは、あなたがしている隠し事を、大方、承知していたからです」

「あの場……」

「ええ。江戸城中で、綾歌藩の若君に話をした折のことです」

「おまえはいなかったはずだが……」

「小笠原様と大岡様のご命令で、隣室に控えておりました」

「大岡……」

越智土佐守は、犬山を凝視して、

「何処かで見たことがあると思うたら、もしや、おぬし……大岡の内与力だった……」

「さよう。今般は、諸国見廻り役を仰せつかっております」

犬山は覗き込むように、越智の顔を見て、

「あの場で、御老中が、わざわざあなたまでを呼び出して、街道の話を持ち出したのは、真っ先にここに来るであろう、と読んでいたからです。松平讃岐守が気付いたなら、大変なことになりますからな」

と勝ち誇ったように言った。

「それが何を意味するか、お分かりになりますかな、越智土佐守様」

「何だと言うのだ、貴様……」

「もう一度、上様の御下問書を篤《とく》と読んで下され」

吉川に手渡されて、越智が目を通した。その表情が一変した。

「この書を持参した者に判断を任せる、とありますでしょ。すべては私に委ねられております。如何《いかが》致しますか。すべてを正直に話して、この場で切腹なさるか。それとも、江戸まで帰って、上様の処断を待つか」

「……」

「選べるのは、ふたつにひとつでございますれば」

じわじわと迫られて、越智は卑屈そうな顔になって、犬山に言った。

「──待て……これには訳がある……」

「見苦しいですぞ、越智様」

「儂は、そこな吉川英之輔に唆《そその》かされただけだ。藩に知られては困るからと、公儀普請であることにして、名義を貸しただけだ」

「だとしても、隠し掘りをしていたと認めるのでございますな」

「そうだ。この街道は特別なものでな、山間の街道と水路を並行させ、満濃池に流れるようにしていたのだ。その時に、この硬い岩盤に当たって、郡奉行の吉川に相談したら……このまま掘りましょうと」

「まさしく金脈だったわけだ」

犬山はチラリと吉川を睨みつけて、

「しかし、その鉱石は何処で処分をしているのかな」

「鉱山の中に吹き所を設けており、そこで処理した後に、大坂の『三浦屋《みうらや》』という金商人に売り捌《さば》いていると……そうだな、吉川、おまえがすべてやっていることだな」

押しつけるように越智が責めると、吉川は平然とした顔で言い返した。

「私も、松平讃岐守に命じられただけでござる。すべては、殿のお考えゆえ。公儀に訴え出るのならば、まずは殿を……」

「おまえも見苦しいな」

忌々しい顔で吐き捨てる犬山に、吉川は敵意を露わにした。

「諸国見廻り役だか何だか知らぬが、これ以上の侮辱は武門の意地、許さぬぞ」

「ほう……どう許さぬのだ」

犬山が返した途端、採鉱場一帯の岩陰や小屋の陰から、三十人もの鉄砲隊と弓矢隊が出てきて構えた。犬山のみならず、桃香と猿吉にも狙い定めている。他にも数十人の手下がおり、三人はぐるりと取り囲まれた。

「……」

鋭く抜刀した犬山に、吉川は言った。

「動くな。あれを見よ」

坑道入り口には、火薬が仕掛けられており、導火線に蠟燭《ろうそく》を近づけている家来がいた。

「この中には、何十人もの人足がいる。何かあれば生き埋めにして隠せば済む。それでも、よいのだな」

「よせ……」

一歩、犬山が踏み出そうとすると、桃香が思わず飛び出して、

「撃つなら私にしなさい。民百姓を苦しめる為政者が何処にいましょうか。さあ、すぐに坑道の中の人たちを出しなさい」

と朗々と言った。

「何様のつもりだ……望み通りにしてやる、この娘を撃て！」

吉川が大声で命じると、鉄砲隊の火縄銃が一斉に火を噴いた。

ダダダダン――！

だが、寸前、犬山は桃香を庇って覆い被さった。鉄砲の弾はふたりに命中はしなかったが、跳弾が犬山の体を掠《かす》めた。それでも犬山は立ち上がり、猛剣を振って、突進してくる敵を叩き斬った。

肩に被弾した桃香は、まだ癒えてない怪我の傷に加えて、血塗れになりながらも、死力を尽くして斬り込んでくる相手を倒した。

「構わぬ。坑道を爆破してしまえ！」

悲痛に叫んだ吉川に従って、手下が蠟燭の炎を導火線に近づけると――ブンとうねるような音がして独楽が飛来した。それは手下の顔面を直撃し、同時に蠟燭の炎を消した。

「このやろう、叩き潰してやる」

猿吉もまさに猿のように跳ね飛びながら、敵を叩きのめしていった。

桃香も孤軍奮闘し、吉川を追い詰め、小太刀を突きつけた。

「――往生際が悪いぞ、郡奉行」

すると、吉川は隠し持っていた短筒を抜き払い、「死ね」といきなり、桃香に向かって撃った。寸前、避けた桃香だが、その弾丸は肩口に命中した。

「あっ……！」

その場に崩れた桃香の頭上に、吉川は銃口を向けた。

「この、くそ女《あま》が……」

その時、門の外でも鉄砲の音や怒声が響き渡った。一瞬の隙に突き飛ばして、桃香は逃げた。その背中に向かって、吉川はさらに撃ったが、外してしまった。

表門が叩き潰されて、怒濤のように乗り込んできたのは、国家老・堀部帯刀を先頭にした綾歌藩の番方数十人であった。

「逆らう者は斬れ！　引っ捕らえろ！」

堀部に従って、綾歌藩の番方たちは桃香を救いながらの大立ち廻りとなった。

その一角では、「もはやこれまで」と越智土佐守は切腹をしていた。

七

綾歌城の本丸・龍吟《りゅうぎん》之間に、藩主・松平讃岐守が病身を押して現れたのは、その翌日のことであった。

陪席には堀部がおり、下座には犬山と福兵衛も控えていた。

「――どうじゃ、吉川英之輔。おまえが密かに金鉱を掘っていたこと、日の下に明らかになった。すべて認めるか」

堀部が尋問した。だが、吉川は首を横に振り、

「とんでもございませぬ。私は郡奉行として、公儀寺社奉行の越智土佐守様と共

に、街道整備と水路確保の普請をしていました……まさか、隠し金山があって掘っていたとは、いやはや驚きました。越智様にはすっかり騙されておりました」

「おまえは、殿に命じられてやったことだと話したそうだな。そこな諸国見廻り役、犬山勘兵衛が証言しておる」

「さようなこと一言も言うておりません。聞き間違えではありませぬか。もちろん私は、殿に命じられて、普請をしているとは申し上げました。郡奉行として当たり前のことでございます」

「隠し金山のことは知らぬと申すか」

「まったく存じ上げません」

吉川は恐縮したように頭を下げた。松平讃岐守も当然、疑いの目を向けている。だが、吉川はあくまでも藩の役人として、警備をしていただけで、金山のことは知らなかったと言い張った。

「おかしな話よのう……おまえが坑道を爆破すると脅したと言うておるぞ。それは、犬山殿だけではなく、猿吉という中間、そして桃香という娘もな」

「はあ……たしかに江戸から来たという若い男と娘もおりましたが、それが何者かまでは知りません……犬山様の連れでしたかな」

惚けたように言う吉川に、堀部は続けて問い詰めた。

「この三人に向かって鉄砲を撃ち、その傷がもとで娘は死んだ」

「……」

「おまえが殺したのだ。罪の念はないか」

「先程も言いましたとおり、私の務めは警護ですので、妙な輩が乗り込んできたから、追い払おうとしたまでです……そこへ、堀部様が駆け付けてきてくれ、大いに助かりました」

「まだ白《しら》を切るか」

「越智土佐守は、切腹しました。自分の非を認めたのです。私をも騙していたことに、気が咎めたのでしょう」

吉川が淡々とそう言ったとき、襖が開いて、若君の桃太郎君と、江戸家老の城之内が入ってきた。城之内は漆塗りの箱を抱えており、それを松平讃岐守の前に据え置いた。

「――吉川、久方ぶりじゃのう」

桃太郎君は壇上の父上に、寄り添うように座ると、吉川は深々と平伏《へいふく》した。

「郡奉行の吉川殿か……身共は江戸家老の城之内左膳じゃ」

城之内が声をかけると、吉川は恐縮した顔をしてみせた。

「江戸の御家老までが、遠路遥々、わざわざご苦労様でございまする」

「若君たちと一緒に江戸を発って後、身共だけが大坂で船を降りて、金商人に接触しておったのだ。讃岐で隠し掘りをしているのならば、必ず堺か泉州の金商人に扱わせておるであろうと踏んでな」

「……」

「多少、苦労はしたが『三浦屋』というのを見つけた。おまえも、この金商人の名を口に出したそうだな」

城之内はそう言って、漆箱の中には『三浦屋』が請け負った金の量や売値や儲けなど取り引きの一切が詳細に記された帳簿が入っていると伝えた。まだ掘り出してわずかだとはいえ、越智と吉川だけで、一万両余りを着服していたことになるという。

「はてさて、私は『三浦屋』なんぞに会ったことはありません」

「さもありなん。取り引きの任に当たっていたのは、犬山殿に腕を切り落とされた比企であるからな。流人船の囚人をはじめ、領国内外から人足を周旋するのも、比企の役目。裏渡世に通じている比企を、おまえはうまく利用していたのだな」

睨みつける城之内に、吉川は深い溜息で返して、

「――これは、何の虐《いじ》めでございますかな……私ひとりを悪者にして、藩主と公儀寺社奉行の起こした不祥事を揉み消すおつもりでございまするか」

「余が何を命じたというのだ」

松平讃岐守が嗄《しゃが》れ声で問いかけた。

「恐れながら、我が藩の財政は厳しく、農政を預かっている拙者は、松平家御家のためにも誠心誠意、尽力して参りました」

白々しい言い草だが、一同は黙って聞いていた。

「堀部様に致しても、私を呼びつけて叱責するのは必ず、田畑の開墾を急げ、石高を上げろであります。そのために溜池や水路を造って参りました。その一方で、金毘羅様の門前町の賑わいを増やせ、殖産興業をせよと言われ続けております」

桃太郎君もじっと睨みつけるように、吉川の言い分を聞いている。

「ですから、金鉱を発見したときには、これは藩財政を潤せることになると喜びました。ですが、金山や銀山、もちろん銅山も掘削するとなれば幕府に届けて許しを得なければなりませぬ。藩領内で勝手に掘れば、改易になりかねませぬ。そこで、寺社奉行の越智様に頼んで、天領ということで掘削したのでございます」

「……」

「まさか、越智様が私腹を肥やしていたとは知りませなんだが、拙者としては藩を思い、殿様や御家老様たちに忖度《そんたく》をして、少しでも財政を潤わしたいと思ったまでです」

「もうよい。聞き苦しい」

声を発したのは、桃太郎君であった。

「私腹を肥やしたのは、おまえも同罪だ。郡奉行の陣屋を改めさせた。『三浦屋』から受け取った見返りのほとんどは、おまえが手にしており、越智様にはその十分の一も届けておらぬではないか」

「それも、越智様に頼まれたのです。もし、公儀に知られるようなことがあれば困る。あくまでも綾歌藩の実入りにせよと」

「ああ言えば、こう言うよのう……それが事実なら、初めから話せばよいものを」

「聞かれないことには、お答えのしようがありませぬ」

「ならば聞く。そこな犬山と猿吉を含め、鉄砲隊に殺せと命じたのは、おまえだな」

「とんでもございませぬ。それも、越智様が命じたことです」

あくまでも自分は警護役だと主張する吉川に、桃太郎君は言った。

「――お里という娘を覚えておるか……高松城の目安箱に、おまえの不正を届けに行っている途中、綾南《りょうなん》の溜池に浮いておった。おまえの手の者の仕業だな」

「いいえ」

「折角、助けたのに可哀想なことをした……」

「助けた……」

「お里を助けようとした桃香という娘も、鉄砲で撃ったのは、口封じの意味もあったのではないか？」

「ですから、拙者は知りません……鉄砲に撃たれて死んだ娘が何者かなんぞ、私には関わりありませぬし、そもそも私は何ひとつ悪いことをしておりませぬ」

「ここまで、証拠が揃い、諸国見廻り役、庄屋の安兵衛、おまえの手下の比企、流人船から人足にされた菊三、その他、村々から連れてこられた男衆らが証言しておる。それでも白を切るか」

「知りませぬ……」

「だがな、この私がすべて見ていたのだ」

「――若君が……？」

「そうだ。おまえに撃たれた」

桃太郎君は、隠し持っていた短筒を放り投げた。

「おまえのだな……」

と言いながら、桃太郎君は羽織の紐を解いて、さらに着物の袖から襟をずらして、片肌脱いだ。そこには、痛々しい包帯が巻かれており、血が滲んでいる。

「あれから、安兵衛が弾を取り出してくれた……安兵衛は庄屋としても医者としても優れておるゆえ、藩医にするつもりだ」

「……」

「吉川、篤と見よ。おまえが殺そうとしたのは、他の誰でもない。この私だ……」

胸には晒《さら》しを巻いているが、女らしい膨らみがある。

「え！　おまえが、あの娘……ええ？　若君が娘に扮していたのか……いや、どっちだ……若君は女なのか……!?」

「おまえが間近で鉄砲で狙った顔だ……見覚えがあるであろう」

「あっ……ああ……」

狼狽を隠しきれない吉川は仰天して、その場で腰が横に崩れた。

「私がすべて見ておったのだ。これでも言い訳を続けるなら、殿に代わって成敗致す」

毅然と言い放った桃太郎君に、吉川はガックリと項垂《うなだ》れるのであった。

かくして——。

獅子身中の虫は切腹の上、御家断絶となった。

だが、発見された金鉱は小さなもので、もはや続行できる代物ではなく、きちんと埋め戻され、街道と水路の普請が続けられることになった。

金毘羅の階段は、御本宮まで七百八十五段もある。さらに、奥の院までを入れると、千三百六十八段に増える。しかも、かなりの急勾配で何度も息継ぎで止まらねば、到達するのは大変である。

階段の両側には途中まで出店があり、高くなるにつれ、眼下にある谷川町、阿波町、内町、横町、奥谷河町、札之前町、金山寺町、新町、片原町などの門前町が見えてくる。この門前町では、三月、六月、十月に市が立ち、その折には、歌舞伎が興行される。

この支配をするのが寺社奉行だが、今般の事件を受けて、綾歌藩藩主が〝こんぴら奉行〟として、将軍吉宗から支配を任されることとなる。それが、後の瓦葺き定小屋による金毘羅歌舞伎を起こす礎となる。

御本宮まで長い階段を登ってきた娘姿の桃香は、大怪我をしているくせに軽やかで、息も切れていない。その後ろからは、杖を突きながら、城之内がよたよたとついてくる。

「若君……ま、お待ち下され、若君……」

「ねえねえ。この姿で、若君はないでしょ。桃香って呼んで下さいな」

「しかし……いくら探索と言っても、女装はいけませんな、女装は」

「そうか？　おまえもやってみるがよい。心地よいぞ。着物は久枝のを借りればよい。頼んでおいてあげるから、江戸に帰ったら試してみんしょ」

「ご冗談を……そんなはしたない……いや、しかし、意外と似合いますな、若……あ、いや、桃香姫様」

「でしょう？　これからも、外に行くときは、これでよろしくね」

屈託のない笑みを溢れさせて、御本宮の北側に来ると、なだらかな讃岐富士から瀬戸内海の輝く海、点在する美しい島々が眼下に一望できた。遠くに行き交う帆船も見える。

「ふわあ……やっぱり、ここはいいなあ……弘法大師様も、ぼさーっとした訳が分かろうってもんですよねえ」

背筋を伸ばすように桃香は眺望を楽しんだ。その横で、城之内も感嘆の溜息をついた。どこの風景よりも素晴らしいと感じた。

「江戸もいいけど、讃岐もね」

「はい……これから江戸に帰って、また若君の難儀に付き合わされると思うと、少しばかり気が滅入りますが……」

「さあ、奥の院まで六百段足らず。頑張って登ろうね」

参拝客で溢れている御本宮にお詣《まい》りをしてから、桃香ははしゃぐように奥の院に向かって登り始めた。城之内は腰が引けるが、

「奥の院へ行く階段の方が、緩やかなんだよ。さあさあ、行きますわよ」

すっかり娘姿を堪能している桃香を、呆《あき》れ果てて城之内は見ていた。

金毘羅の神様も密かに笑っているに違いない。木漏れ日が射す中を、桃香は子鹿のように駆け上っていった。

本書は書き下ろしです。

実業之日本社文庫 い106

桃《もも》太《た》郎《ろう》姫《ひめ》暴《あば》れ大《おお》奥《おく》

2019年12月15日　初版第1刷発行

著　者　井川香四郎《いかわこうしろう》

発行者　岩野裕一
発行所　株式会社実業之日本社
〒107-0062　東京都港区南青山5-4-30
CoSTUME NATIONAL Aoyama Complex 2F
電話［編集］03(6809)0473［販売］03(6809)0495
ホームページ　https://www.j-n.co.jp/
DTP　ラッシュ
印刷所　大日本印刷株式会社
製本所　大日本印刷株式会社

フォーマットデザイン　鈴木正道（Suzuki Design）

ISBN978-4-408-55551-5（第二文芸）

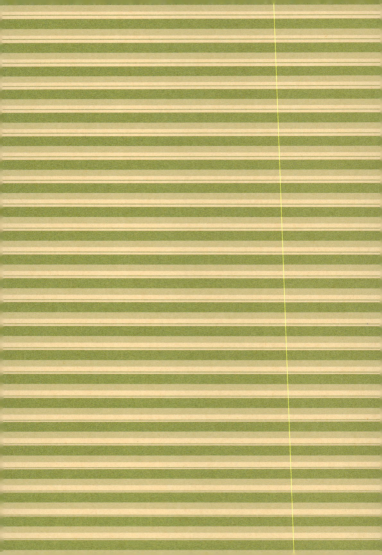